JN237981

ウルフ・タワー
第一話

ウルフ・タワーの掟

タニス・リー　中村浩美＝訳

産業編集センター

ウルフ・タワー
第一話
ウルフ・タワーの掟

目次

LAW OF THE WOLF TOWER
by Tanith Lee

©1998 Tanith Lee
Tanith Lee has asserted her moral right to be
identified as the Author of this Work.
First published in the English language
by Hodder and Stoughton Limited.
Japanese translation rights arranged
with Hodder and Stoughton Limited,
London through Tuttle-Mori Agency, Inc., Tokyo.

装 画©桜瀬琥姫

装 丁©柳川貴代+Fragment

規則を破れ——伝統

ウルフ・タワーの掟

このノート

そうなの。

盗んじゃった。このノート。

なんでだろう。すてきだったから、かな。すてきなことなんて、ずっとなかったしね。まあ、そんなにしょっちゅうは。

このノートはプリンセスの文房具箱にあった。わたしたちは、っていうか、たいていはわたしなんだけど、ときどきプリンセスのいいつけで、この箱から絹糸をすきこんだ薄紙だの分厚い羊皮紙だのをとってくる。するとプリンセスはその紙にくだらないことを書きつらねて、気色悪い「詩」をつくる。でなきゃ、汚らしい絵を描く。女中フロアで洗濯に使った水にライムジュースかジャムかなにかをこぼしました、って感じの絵。そんな絵でも、こっちは声をそろえてほめちぎらなきゃいけない。「まあ、なんてすばらしいんでしょう、レディ・ジェイド・リーフ！　まばゆいばかりの才能ですわ！」なんて具合に。なんといっても相手は王族。わたしたちはちがう。めっそうもない。あんなケッサク、逆立ちしたって描けない。

いわせてもらえば、わたしがつばを吐いたほうが、よっぽど見ごたえのある模様ができると思う。詩はどうかというと、最新作がこれ。

わたしが花びらのごとく舞えば
　バラの花がおじぎする

花びらのように舞う……っていうより、川を漂うカバ。太ってるって意味じゃない。たとえばレディ・アイリスは太ってても魅力的だし、気品もある。そこへいくと、ジェイド・リーフはほっそりしてるんだけど、身のこなしがね……。

バラが頭をたれたっていうんなら、おじぎじゃなくて、恐怖のあまり失神したせい。「だれかあの大きな体で突っこんでくるものを止めて～っ！」なんて叫びながら。

（こんなこと書いちゃったけど、ひとことつけくわえとく。カバだって水のなかでは優雅に動ける。それにカバは、小さな飾り杖を引っつかんで、人の掌を血がにじむほどぶったりしないしね。ジェイド・リーフにはさんざんぶたれた。どれだけぶたれたかもう覚えてないくらい）

あなたがこのノートを見つけて、いま読んでるんなら、お願いしなきゃいけないかな。だれにもいわないで、って。でも、そんなことするはずないわよね。たったいま頭のなかで思い描いただけの読者だもん。

だれかがドアをばんばんたたいてる。もう行かなきゃ。もっと大事なことをするために。つまり、ジェイド・リーフのお守りをしろってこと。

わたしの名前を書いておくね。これからこの名前が出てきたときに、わたしのことだとわかるように。

クライディ。これがわたしの名前。


いまは真夜中（たったいま〈ハウス〉の時計が鳴ったばかり）。漆黒に星をたっぷりそそいでかき混ぜたみたいな空。

さんざんな一日だった。デイジーが花瓶を割って、レディ・ジェイド・リーフにこっぴどくぶたれた。床にうずくまったところを、今度は絹のスリッパで蹴りつけられた。おかげでデイジーはあざだらけ。おまけにこれから九日間も夕食抜き。パットゥとわたしは自分のぶんを少しナプキンに包んでおいて、寝る前にデイジーにあげた。パットゥもデイジーももう寝てる。

わたしもくたくただから、今日はここまで。

なんにも書くことがない。前に書いたときから、もう七日。でも、ここじゃなんにも起こらない。あ、そうでもないか。昨日、砂嵐が〈荒地〉のほうから吹いてきた。奴隷たちは送風機をまわしたり、〈ガーデン〉のなかでもとくにきれいな場所によろい板の屋根をかぶせたりと大忙し。〈ハウス〉の窓やドアはどれも閉めきられた。建物から出られないから、みんな機嫌が悪かった。

ＬＪＬはキレまくり。さんざん叫んだり、わめいたり、ものを投げたりしたあげくに、気分が悪くなって寝こんでしまった。わたしたちはタオルを香料入りの冷たい水でぬらして、ＬＪＬの額に置いた。水が目に入ろうものなら、またひと騒動。こっちまで頭痛がしてきた。だけど、わたしたちには額にのせる冷たいタオルもない。

こんなところ大きらい。

書くことがない。

あるとすれば、デイジーに食べ物をとっておくのを家令に禁じられたことくらい。デイジーはがっかりして（それにお腹をすかせてることもあって）泣いてたけど、やっと眠ってくれた。

いちおう説明しておくと、わたしたちは女中フロア内の小さな部屋をいっしょに使ってる。ここにあるのは、幅の狭いマットレスが三枚、鏡とたんすがひとつずつ。もちろん、どれもわたしたちのものじゃない。ＬＪＬと母君のプリンセス・シムラがありがたくもお貸しくださってるだけ。わたしたちが着てる服もそう。
ときどき〈ガーデン〉の花を二、三輪こっそりつんできて、細長い窓辺に飾ることもある。でも花はそのうちしおれてしまう。

書くことがない。

書く、ことが、ない！

つくづく考えなしだった。なんにも書かないんなら、ノートなんか盗んできても意味ないじゃない。
なにか書くことあったっけ。そうそう、今日は「赤い鳥にえさをやる儀式」があった。

なので、〈赤の鳥舎〉に行ってきた。鳥舎のなかは、うたい、さえずる鳥でいっぱい。床の下からガラス屋根までのびた木々のあいだを、鳥たちが自由に飛びまわる。そのさまは、いろんな色合いの赤い花が舞ってるみたい。とはいうものの、鳥の声はときどき耳がキーンとなるほどけたたましいし、やたらに糞が落ちてくる。わたしたちが主人の頭にうやうやしくさしかけてるパラソルも、てんで役に立ってない。

今日、鳥がもらったえさは特別な穀物や種だった。羽の色やそれによく調和する色に染めてある。鳥は大好きだけど、あのにおいはたまらない。

儀式のあと、普通の嵐がやってきた。雷がすさまじい音を立てる。空で巨大なトレーをいくつも落としたみたいな音。LJLは雷の音と稲光をこわがって、ギャーギャーわめいてたけど、わたしはそこから逃げだして上階の窓から外を見てた。そしたら、また呼びつけられて、どこにいたのと問いつめられた。どうせあそこにいたんだろうといわれ――まるっきり見当はずれだったけど――この怠け者とののしられて、思ったとおり杖で掌をたたかれた。さいわい左手だけですんだから、なんとかこうして書くことができるけど。

そうそう、デイジーのことだけど、九日間夕食をもらえなかったぶんを埋めあわせるつもりか、毎晩がつがつ食べてたら、女中フロアの床に思いきりもどしてしまった。やっと掃除がすんだところ。

あなたがこのノートを読んでくれてたら（書いた本人にはつまんない内容でも、そんなふうに思わず、まだゴミ箱や火のなかに投げこまないでくれてたら）、なにを書けば楽しんでもらえるんだろう。

だって、あなたはこの〈ハウス&ガーデン〉の住人じゃなくて、ほかの場所からやってきた人だと思うから。そんなことありそうにないけどね。でも、いいや。あなたは現実の人じゃないもの。わたしが頭のなかでつくりあげた魅力的な人。想像の世界の人。

だから、あなたがすごく知りたがってるってことにする。……いいよね？

ダメ？

わたしはみなしごのようなもの。親に死なれたわけじゃない。でも、やっぱりいまごろは死んでるのかな。そう考えるとブルーになる。心底悲しいってわけじゃないけどね。両親のこと、これっぽっちも覚えてないから。

ここにはたくさんの〈しきたり〉がある。住人はみんな〈しきたり〉にしたがって暮らしてる。

ほかにすることもないし。でも〈しきたり〉はどこまでも厳粛なものと考えられてる。なにがあっても変えられない。〈しきたり〉を冒涜すれば――つまり、ここのばかげた規則を破れば、って意味だけど――処罰される。

小さなミスをしただけなら、ひどい罰を受けることもない（たとえば、「ロウソクに火をつける儀式」でロウソクのどれかに火をつけわすれたとか、火をつける順番をまちがえたとか。その程度のミスなら、何時間か〈黒大理石の廊下〉に立たされるくらいですむ。それとはべつに、仕えてる主人にもぶたれるだろうけど）。でもすごく重要な〈しきたり〉や規則を冒涜すれば、恐ろしい罰が下される。なかでもいちばん恐ろしいのは、もちろん〈荒地〉に追放されること。

そうなったら、死刑を宣告されたも同然。運よく生きのびたとしても、悪夢のなかで生きることになる。まさに生き地獄。

〈荒地〉ほど恐ろしい場所はない。

みんなそういってる。

いつもいわれることだけど、〈ハウス&ガーデン〉に生まれたことをありがたく思わなきゃ。外の〈荒地〉なんかでなく、この地上の楽園に生まれてよかった。まだうんと小さいころ、両親を恋しがって泣くたびにそうたたきこまれたっけ。親がいなくたって、この楽園で女中として（人でなしの）貴婦人に仕えてたって、〈荒地〉で生きるよりはマシ。

〈荒地〉の天候は、想像を絶してる。焼けつくように暑かったり、凍てつくように寒かったり、石の雨が降ったり、干からびた不毛の景色をずたずたにするような風が吹いたり。黒い岩でできた恐ろしい山がいくつもあって、そこで生じた砂嵐がときどき〈ガーデン〉に吹きつけてくる。〈荒地〉では、水も食べ物も手に入らない。水には毒が混じってるし、あそこではなんにも育たない。育ったとしても、見るからに気味が悪いし、まずくて食べられたもんじゃない。

あそこで生きていけるのは、人でもなんでもまともじゃなく、危険だっていうのもうなずける。狂人とか、人殺しとか、化け物とか、そんなのがうろうろしてる。

〈ハウス〉には高い塔がいくつもある。そのうちのふたつからは、わたしみたいに何百段もの階段を上る気があればの話だけど、〈ガーデン〉をとりまく強固な防壁のむこうがちょっとだけ見える。あれが〈荒地〉なんだろうな。たいしたものは見えないけど。なにやらぼんやりしたものが恐ろしげに揺らめいてるだけ。白っぽい影のようなものが。

かつてライオンが〈ガーデン〉に入りこんだことがあった。〈荒地〉の化け物みたいなライオンだった。わたしが生まれる前の年のことだ。醜悪で危険なやつだった。なにしろ口から火を吹いてたっていうんだから。だから、そのライオンは退治された。

外の世界なんか見たこともないくせに、どうしてこんなことをくどくど書いたのか？

それは、両親が大切な〈しきたり〉を冒涜したから（どの〈しきたり〉か知らないけど）。それですぐさま〈荒地〉に追放されたんだって。


眠れなくなっちゃった。空には蒼白く燃えたつ巨大な星の渦が見える。

明日は「二千本目のバラを植える儀式」がある。

いつもより早起きしなきゃ。夜が明ける前に。

なんだかミョーにうしろめたい。もう書くのをやめようと思うの。そう考えると、このノートにひどいことしちゃったかな。盗んだうえに、わたしの字で汚しちゃって。それなのに、いまさら書くのをやめようなんて。

でも書くことがないんだもん。ここまで読んでくれてたら、ごめん。でも、読んでなんかいないよね。


こんなことってある？　思いも寄らないこと、嘘みたいなことが起こった。

頭を整理しなくっちゃ。頭のなかがぐるぐるしてる。心臓なんか小鳥みたいに胸の奥ではためいてる。笑いが止まらない。

ここは自分の部屋じゃない。もうひとつの憩いの場所まで上ってきた。ここに座ったものの、体のなかのなにもかもが跳びはねて、ぐるぐるまわってる。どこから話したらいいのかな。

まず話をもどすね。朝までさかのぼって、はじめから話すことにする。

熱気球パニック

〈ガーデン〉は〈ハウス〉のまわりに何マイルも広がってる。

わたしたちは短く刈りこんだ緑の芝生の上を歩いてた。パットゥとデイジーとわたしの三人で。それから苔むした彫像にはさまれた、苔むした長い階段を下りていった。

〈ガーデン〉はなにからなにまで手入れがいきとどいてる。〈ガーデン〉に水をやったり、肥料をやったりする精巧な機械にはそれぞれ奴隷たちがついてる。気候が寒くなっても、〈ガーデン〉はいつも暖かい。地下ボイラーと温水パイプがあるから。〈ハウス〉で使ってるのと同じタイプ。

管理面はともかく、〈ガーデン〉はすごく芸術的で、王侯たちの目を楽しませてる。ところどころ植物がちょっぴり育ちすぎてたり、別館が崩れかけてたりもする。でも、のびすぎた植物はいつもほどよい奔放さを残して刈りこまれるし、崩れかけた建物はぴかぴかに磨かれて、ツタは針金に沿ってはわせてある。ここでは荒廃さえ計画的にコントロールされてる。

〈ハウス〉は〈ガーデン〉のまんなかにあって、階段が左に折れるたびに目に入った。どんな建物か簡単に説明すると、白とピンクの円柱に支えられたテラスハウスで、とがった屋根に濃い緑と金色のかわらがふいてある。

頭上を見上げれば、木の葉の合間から息を飲むほど青い空がうたいかけてくる。なにかあっと驚くようなこと、信じられないようなことが起こりそう。そんな気持ちにさせてくれる空。もっとも、そんなことが起こったためしはないけど。

「ねえ、早く、早く」パットゥが息を切らしていった。パットゥはいつもそわそわしてる。主人の機嫌をそこねまいとして。まあ、賢明だとは思うけど。パットゥはめったにぶたれない。

でもデイジーはぴしゃりといいかえした。「これ以上早くなんて無理。このねとねと、もうこぼしちゃってるんだから。気づかれると思う？」最後の言葉はわたしにむけられた。

「どうかな」

たぶんだいじょうぶじゃないかな。儀式用のオイルは二十かそこらあって、それぞれ〈ガーデン〉の特定の植物にやることになってる。どれも香りが強くて、べたべたしてる。

デイジーの持ってる細口瓶の中身が減ってるのはだれの目にも明らかだし、おまけに瓶から消えたオイルの大部分がデイジーのドレスにしみをつくってるのも明らか。

ちなみに今日のドレスは、ジェイド・リーフの緑のドレスに合わせて、それより淡いメロン色。髪にはもっと淡い緑の粉が振りかけてある。貴婦人たちはたいていコーディネートのしあげとして、女中の服の色も自分のドレスに合わせて決める。命令はそれぞれの行事の前に伝えられる。それも着心地のいいドレスなんかじゃない。ここ一か月のはやりは、ぎりぎりしめつけたボディスと、足首までぴたっとしまったシルクのチューブスカート。体が大きくなければ、まあ、これも悪くない。パットゥはかなり大柄なほうだけど。ところがこの格好で歩くとなると、小股にちょこちょこ足を運ぶしかない。でないと、（a）服が破れるか、（b）すっころぶかの憂き目にあう。

パットゥとふたりして、飾り用の薄布のスカーフでデイジーのチューブスカートをふいてあげたら、かえって汚なくなっちゃった。

「わたしたちのうしろに立ってたら？」わたしはいった。「気づかれずにすむかもしれないわよ」

でも、ジェイド・リーフは気づくわね、まずまちがいなく。

わたしたちはよたよた進みつづけた。

陽射しは強かったけど、花のかぐわしい香りが押しよせてきた。美しく整えられた木々の茂みがきらめく川にむかって広がってる。

すてきなところ。嘘じゃない。見るぶんにはね。きっと王族にとっては、なにからなにまですてきなところなんだろうけど。

苔むした階段を最後まで下りると、金めっきの柵のむこうにライオンの小屋がある。ライオンの小屋は大きくて、ややこしいつくりをしてる。柵にかこまれた部分まで含めたら、途方もなく広い。でも〈ハウス〉のライオンはだいたい人目に触れるところにいる。ほめてもらえるところにいるのが好きみたい。遊んだり、眠ったり、ひなたぼっこをしたりといたっておとなしい。宝石入りのリードにつながれて檻の外に出されることもある。で、王族たちがいっしょに散歩をしたり、お菓子をやったりする。

ここのカバやなにかと同じように、ライオンたちは満ちたりてるみたい。狩りをする必要もないし、戦う必要もない。なにもかも与えてもらえる。毛づくろいまで奴隷たちがやってくれる。でもライオンの数は年々減ってきてる。子をなそうとさえしない。

子供のころ、よく考えた。ここにいる動物たちはなにかを恋しがってるんじゃないか、って。もちろん、そうに決まってる。

大理石の階段を下り、次のテラスに下りていくと、噴水や、金色の魚のいる池があって、ユリが咲いてた。

そのむこうに〈バラの小道〉がある。

そのにおいときたら、めまいがするほど。小道の両側に植えられたバラがアーチや列をなし、ふかふかの斜面をつくってる。花の色は赤、紫、黄色、白とまちまち。

まがりくねった小道を歩いていくと、意地悪なかぎ爪みたいなイバラに引っかかれた。デイジーは残ったオイルまでこぼしそうになった。

〈バラの小道〉のまんなかには、大きな楕円形の芝地があって、なにかぴかぴかした石でできたバラの彫刻がある。

〈二千本目のバラ〉は、植える前にそこでお披露目されることになってた。

どうやらあっと驚く、特別のバラらしい。〈二千本目のバラ〉は、三年ごとにおこなわれるこの儀式のために、たえず〈ガーデン〉の住人たちが育ててる。

バラがこんなにごちゃごちゃひしめきあってるなかに、新しいバラを植えるすきまなんてあるのかって？　もちろん。枯れるバラだってあるし、かっとなったプリンスやプリンセスに無慈悲に引っこぬかれることもあるんだから。

もっとも、そんなに大勢の王族がこの儀式に出席したわけじゃない（たいして重要な儀式じゃないしね）。暑い日だったし。日が昇るのは一時間もあとだというのに。

わたしたちはＬＪＬのそばに行って、うしろに並んだ。女中はそれより早く来ちゃいけないことになってる。ほかの王族の女中たちも〈バラの小道〉からぞろぞろやってきた。でも、ＬＪＬはわたしたちが遅刻したと見なしたらしい。

「おまえたちときたら、いつもグズなんだから」ときつい口調でいう。わたしたちは恥じいってるような顔で頭をたれてみせた。デイジーはわたしのうしろにぴたっとくっついて、しみを隠した。

「脳みそってもんがないのね」とＬＪＬは決めつけた。

あごがとがったその顔は、頬紅で真っ赤だった。髪粉の色はキャベツ色。

せせら笑いを浮かべた口からは、小さくとがった歯がのぞいてる。

「ぶってやらなきゃね」とわたしにいう。

わたしは顔を上げて、ＬＪＬを見返した。ＬＪＬはこれが気に入らない。ううん、そうじゃなくてもわたしのことをきらってる。女中のごとき卑しいものをきらってるなんて認めようとはしないけど。

「なによ、その目は」ＬＪＬがしわがれ声でいった。でも、わたしはいち早く頭を下げてた。「おまえにはもううんざり。いくらぶっても、分別がつかないんだから。お母さまにいったら、しかるべく鞭を打たせましょう、っておっしゃったわ。おまえがおこないを改めようとしないんならね」

それから小さな目がわたしを素通りして、うしろのデイジーにすえられた。

緑ずくめのジェイド・リーフの顔は、たちまち熟れすぎてはじけそうなラズベリー色になった。

「このばか娘――」キーキー声を張りあげる。「せっかくのドレスを――よくもだいなしに――」

みんながこっちをむいた。

そばに集まってた貴婦人たちのあいだから、プリンセス・シムラが冷ややかにいった。「落ち着きなさい、ジェイド・リーフ。また頭が痛くなりますよ」

ほかのプリンセスたちも小声でジェイド・リーフをなだめた。いっせいにしゃなりと体を揺らすさまは、植物が青々と茂るもうひとつの花壇みたい。

ＬＪＬは声のトーンを落として、ヘビみたいにぬっと身を寄せてきた。

「このままじゃすまさないからね」ＬＪＬはいった。「おまえもよ、パットゥ。わたしの目が届かなくても、なにかやらかしてるに決まってるんだから」

ああ、どうしよう。ジェイド・リーフの母親の執事は鞭打ちのプロだ。その鞭を食らわせるとおどされたことはこれまでなかった。わたしはさーっと蒼ざめた。デイジーは息を乱してるし、パットゥは気絶寸前。こんなのあんまりだ。パットゥはなんにもしてないのに。

そうこうするうちに、〈二千本目のバラ〉が金ぴかのバスケットに入れられて、仰々しく運ばれてきた。王族たちが身を乗りだして歓声をあげてる。

バラがＬＪＬのところまでまわってきたので、ＬＪＬものぞきこんだ。

なんというとりあわせ。緑と暗褐色の化け物が新しいバラにかがみこんでるってだけでもおぞましいのに、バラのほうもとんでもなくグロテスク。

色なんか、このあいだのデイジーのゲロみたいだし、角張ったおかしな形をしてる。香りも強烈。ほかのバラのにおいがこれほど充満してるっていうのに、ひときわ甘ったるくにおいたち、吐き気がするほど。

「まあ、美しいこと」ＬＪＬがうっとりしていった。やさしい、とろけそうな声。

本気でいってるのはまちがいない。

ああ、殺してやりたい。いますぐ、この場で殺してやりたいって心から思った。

このままじゃ、みんな罰を受けることになる。理由らしい理由もないのに。わたしは目を上げただけだった。デイジーはばかげた服を着せられたせいでオイルをこぼしてしまったから。パットゥにいたっては、この場にいたというだけ。

目がじんじんする。左右の目からゆで卵大の熱い涙がぽたっと落ちて、ほかのだれよりわたし自身が驚いた。涙は芝生にしみこんだ。

この珍事にあ然としてたら、みんなが大声で騒ぎだし、熱に浮かされたみたいな興奮がバラの咲きみだれる小道を包みこんだ。

ばかみたいだけど、てっきりわたしが涙をこぼしたせいで、みんなが怒ってるんだと思った。顔を上げてみたら、騒ぎの原因はわたしじゃなかった。

月はいつも見えるわけじゃない。夜でも厚い雲におおわれてることがあるし、昼間は月がそこにあっても、石けんの泡みたいに透きとおってる。

いまは昼間なのに、くっきり月が見えた。すごくきれいで、すごくヘン。銀色の球体で、きらきらしてて、淡い赤の細い縞が入ってる。

その下になにかぶらさがってるみたい。碇じゃないかな。地上に下りてきたら、それで地面につなぎとめるの。

なーんてね。われながらばかな想像しちゃった。だって、月はあんなんじゃないもの。あれは絶対に月じゃない。

プリンセス・フラーラが叫んだ。「侵入者よ！　敵だわ！　助けて！　みんなを助けて！」

たちまちパニック。

こういう騒ぎは、〈ガーデン〉でも何年か前にあった。いきなり木のなかからハチの大群が飛びだしてきたとき。王族も、貴族も、ひらひらきらきらの服を着た子供たちも、みんな泣きわめいて、命からがら逃げまどった。

わたしも子供だった。六歳くらい。ただ芝の上に座りこんで、ハチが通りすぎてくれるのを待ってた。こっちがかまわなければ、普通は刺したりしないから。

だけど、今度はハチじゃない。なんなの、あれは？

だれかが答えをくれたけど、それもわけがわからなかった。

「熱気球だ――気球が来る――！」

とにかくみんないなくなった。芝の上を駆けぬけ、〈バラの小道〉へと走ってく。すでにあっちでもこっちでもチューブスカートが破れてた。ひどい人になると、ウエストまで裂けちゃってる！　べとべとオイルもこぼれ放題。

わたしはデイジーとパットゥを見た。ほかの女中も何人か、それから奴隷たちも五、六人あとに残ってた。こわくてたまらないのに、どうしたらいいのか決めかねてる。

「気球」とやらは空を横切り、高い木立のむこうに隠れた。

パットゥがいった。「レディ・ジェイドのあとを追ったほうがいいわ」

「ハチがレディ・ジェイドを襲ってくれればいいのに」わたしはむかしを思い出してつぶやいた。

デイジーが目をぱちぱちさせた。「でも、もしほんとに侵入者だったら――」

侵入者。もちろん〈荒地〉から来たのよね。ほかに考えられないもの。

趣味のいい薄黄緑のシルクの服を着た女中が不安そうにいった。「そういえば、むかし〈荒地〉から頭の変な男が、えっと、気球っていうの？　あれで飛んできて、〈ガーデン〉に火のついた石炭を降らせたことがあったのよ！」

「それ、いつ？」デイジーが目を丸くした。

「いつって……むかしよ」

奴隷たちは木立のなかに走っていった。奴隷には自由に使える時間なんてほとんどないから、侵略される前だろうと、燃える石炭が降ってくる前だろうと、この貴重な時間を満喫するつもりらしい。

でもパットゥはきっぱり背をむけ、ＬＪＬのあとを追って小道をどたどた走りはじめた。わたしたちみんなに「このままじゃすまさない」といいきったＬＪＬのあとを。

デイジーもしかたなさそうにいった。「わたしたちも行ったほうがいいわね」

ほかの人たちも動揺と義務感がごっちゃになって、なんとなく歩きだした。

いつまでもここにいるわけにはいかない。ここがすっかり侵略されて、なにも問題でなくならないかぎり、しかりとばされるだろう。そうでなくても、まずいことになってるのに。

そのとき、〈ハウス〉から警報のらっぱと鐘の音が聞こえてきた。

わたしたちは走りだした。


以前、なにを書けば楽しんでもらえるだろう、って書いたと思うけど、たいしたことは書いてなかったよね。ごめん。

たとえば〈ハウス〉の衛兵のことはまだ書いてない。

書きたくなかったんだと思う。たぶん。

ばかみたいなチューブスカートが破れないように裾を膝まで（かなりブサイクに）たくしあげて、上の芝地を走っていくと、衛兵たちが〈ガーデン〉に押しよせてきた。

何日も衛兵を見かけないこともある。衛兵たちがいる場所へ使いに出されないかぎり。ＬＪＬはめったにそういうところに使いをやらない。

小さいころは、衛兵たちがこわくてたまらなかった。きっとものすごく親切で分別のある人がこんなふうに忠告してくれたんだと思う。いい子にしてないと、衛兵に「捕まっちゃう」わよ、って。衛兵はわたしたちを守るために存在する。もちろんまず王族を守るためだけど、召使や奴隷みたいな下々の者も守ってくれる。〈ハウス〉内のいろんな場所も守ってる。たとえば会議室とか、王族の寝室がある上層の階とか。でも、たいていは見張り塔にいる。〈ハウス〉のなかでもとくに高い塔のひとつで、このあいだ何百段もの階段があると話した塔よりさらに高い。

衛兵は真っ黒な制服に銀のベルトをして、金の肩章をつけてる。ロングブーツは黒い鏡みたいな光沢があって、ヒールと爪先からスパイクが突きでてる。しゃれた鞘におさめた短剣。銀の飾りがついたライフル。刺繍入りの弾丸袋。メダルがよろいみたいに全身をおおってる。いまは銅製のかぶともかぶってた。バイザーととがったスパイクつき。

イメージとしては、死をもたらすカブトムシってところ。

わたしたちはシャクナゲの木々のあいだですくんでしまった。でも衛兵のひとりが振りむいて、憎々しげにどなった。

「なかに入れ、このゴミども！」

デイジーが息を飲み、女中のひとりが泣きだした。でも、みんなすでにおびえてたから、テラスと階段を上って、〈ハウス〉まで走りつづけた。

衛兵たちが黒い砲架にのせた黒い大砲を引っぱってく。

うっかりその前に飛びだした女中を——たぶんフラミンゴだと思うけど——衛兵のひとりがひどく乱暴に突き飛ばしてころばせた。

わたしたちをしかるべく守るためには、けがをさせることもいとわないらしい。っていうより、積極的にけがをさせたがってるみたい。これも訓練だと思ってるのかも。

わたしはバックルつきの黒い袖におおわれた腕をかいくぐった。パットゥは足を引きずってたけど、わたしが腕をつかんで引きよせた。

〈ハウス〉は目の前だ。太陽の光を浴びて、いかにも感じよく、美しく見える。

気球は消えてしまったみたい。

みんなして夢でも見たのかな。

ううん、そうじゃない。だって、衛兵たちが大砲という大砲を同じ方向にむけてるもの。火薬のにおいもするし。

こういうできごとは、話には聞いたことがある。でも自分の目で見たことは——自分の鼻でかいだことも——なかった。

そのときだった。ポプラの木々のむこうに気球がまた顔を出した。楽しいおもちゃみたいにふわふわもどってくる。

衛兵たちがわめいた。わたしたちのことなんて忘れてしまったみたい。

こんなときに外に出てるなんて、どうかしてる気はしたけど、どういうわけかわたしたちはその場に突っ立って、さっき月とまちがえた銀色の球体をぽかんと見つめてた。

〈ハウス〉の透明なガラスのむこうに顔また顔が見えた（積みあげられた野菜みたい）。ピンクの顔もあれば、黄色っぽい顔も、黒い顔もある。みんな王族。女中のごとき微々たる存在なんか押しのけて、空を見つめてる。

わたしはまたパットゥをつかんだ。「見て」

「見たくない」パットゥは目をおおった。デイジーはおびえきって、目をそむけることもできない。

わたしは――わたしも目をそらせなかった。

ジュッっと音がして、大砲が火を吹いた。一発、二発、三発、四発。ものすごい音。もうもうと煙が上がって目がちくちくするし、そこらじゅうに火の粉が舞った。

（火口って、アーモンドみたいなにおいがするのね。ばかな連想だけど、ケーキに使うマジパンを思い浮かべちゃった……）

気球が引っくり返った。空の木に実ったすてきなフルーツが揺すぶられてるみたい。

それでも、気球はちゃんと動いてるみたいだった。と思ったら、気球からまた火炎が上がった。

気球がななめにかたむいたかと思うと、落ちてきた。重さなんてないみたいにふんわりと。タンポポの綿毛を吹き飛ばしたみたい。

でも気球が木立のむこうに落ちると、すさまじい音がして地面が揺れた。新しい植物が生えてきたみたいに煙が立ちのぼった。

そのときになってようやく〈ハウス〉の衛兵たちがしわがれ声で歓声をあげた。ゲームでもやってるみたいな騒ぎ方。「当たったぞ！」とか、「でかした、ジョーヴィス」とか、「乗ってたやつはくたばったと思うか？」とか。

ネミアン

〈ハウス〉にもどったら、なかは大騒ぎだった。みんな廊下を走りまわったり、反対側から走ってきた人たちとぶつかったりしてる。階段を駆けのぼる者、駆けおりる者もいる。足をとられたり、ころんだりする人たちも。そのやかましさといったら、大砲の音にも負けないくらい。

パットゥとデイジーとわたしは階段を駆けのぼって、悪魔のような女主人の部屋にむかった。両開きのドアの前まで来てみると、ドアは開いてて、そのむこうでもみんなが走りまわってた。

ＬＪＬはそのまんなかに座りこんでる。わめいたり、自分の髪を引っぱったり、ソファをこぶしでたたいたり、足をばたばたさせて緑のシルクの靴を飛ばしたり。

いつもにもまして荒れ模様。「侵略」におびえてるのかとも思ったけど、気球が撃ち落とされたところは見てたはずよね？

デングウィがつつっと寄ってきて、ひそひそ声でいった。「ドレスのなかに虫が入りこんだんだって。ノミだか、ハチだか知らないけど」

思わず笑っちゃいそうになった。ジェイド・リーフがハチに襲われればいいのに、って思ってたのがそのとおりになっちゃうなんて。

つまり、みんなはＬＪＬの服を脱がせて、助けてあげようとしてるわけね。でもＬＪＬがこういう状態になったら、だれもそばには寄りつけない。そしたら、ＬＪＬがいきなり立ちあがり、自分の手でドレスを引き裂いた。すごい怪力（日ごろから女中をたたいたり、殴ったりしてるおかげで手首が鍛えられたことはまちがいない）。

ひらひらレースのペティコート姿でどなりちらし、下着を引っぱってる。

ほかの女中たちがペティコートからなにかをぬぐい、払い落としはじめた。かわいそうに小さなアリが数匹、大胆にもＬＪＬのドレスのなかに入りこんだばかりに命を落とした。

わたしもあわてて駆けよって、みんなより注意深くアリを払い落としはじめた。それから救出できたアリたちを拾いあげて、窓から逃がしてやった。

外は、まだ煙が〈ガーデン〉をおおいつくしてた。衛兵が数人、〈スギの小道〉を歩いてくる。さらにもうひとり。衛兵たちにかこまれてるけど、衛兵じゃない。

「あれが――侵入者？」デイジーがさらに何匹かアリを壁のむこうに逃がしてやりながらささやいた。

「だと思う」

わたしたちは身を乗りだしてもっとよく見ようとしたけど、ＬＪＬがますますやかましくわめきだした。

デイジーとわたしはＬＪＬのペティコートからアリを振り落とすのを手伝った。ジェイド・リーフはわたしたちを突き飛ばし、その手がデイジーの目に当たった。

「ああ、おまえたちにはへどが出るわ！」ＬＪＬがキーキー声でいった。

いまごろは衛兵たちが窓のすぐ下まで来てるだろう。

わたしはＬＪＬから飛びすさり、窓のそばに駆けもどると、下をのぞいて大声でいった。「まあ、姫さま、衛兵が侵入者を捕まえたようですよ」

「それくらい当然でしょ、この疫病神。どこまで腐りきってるんだろう。そんなことはいいから、こっちへ来るのよ。体じゅうたかられて大変なんだから。ろくでなしのクライディは知ったこっちゃないようだけどね！」

窓の下を恐ろしい衛兵たちがふんぞりかえって歩いてく。衛兵たちに引きたてられてる男も、なんとなく尊大だった。長めのグレーのコートはいかにもミリタリー風。雑にカットした長髪は太陽の光を浴びて黄金色に輝いてた。混じりけなしの黄金色。こんな髪ってありえる？　髪粉をかけてるのかな。そうは見えなかった。いかにも……ほんものっぽい。こんなにほんものっぽい現実ってめったにないいんだけど。

そのときＬＪＬがなにかを投げつけてきた。あとで見たら文鎮だったたんだけど、背中にまともに当たって、激痛が走った。ばかみたいに「ううっ」なんて声をもらしたら、窓の下の囚われ人、例の侵入者が衛兵たちに拘束されたまま顔を上げた。きっと世にもマヌケな声をあげた珍獣を見てやろうと思ったのね。

「こっちに来いっていってるのよ、このグズ！」親愛なるＬＪＬが金切り声をあげた。

そのときいったいなにが起きたのか自分でもわからない。まったくもって説明不能。あなたならわかるかしら。ひょっとして似たような経験をしたことがあるんじゃない？

わたしは敢然と振りむくと、まっすぐジェイド・リーフのところに歩いていった。そして、あのとんがったピンクのいまいましい顔を思いきり引っぱたいてやった。顔の半分に手のあとが残るくらいしっかりと。

〈ハウス〉じゅうにやかましい音が響きわたるなか、この部屋だけがしんと静まり返った。ここにいる全員が石に変わってしまったみたいに。

わたしはジェイド・リーフの顔を見て、ゾクゾクするほどの喜びを覚えた。ぶったところが湯立ったみたいに赤らんでく。

ジェイド・リーフが大きな口を開けた。

「わたしを……ぶった」

「姫さま」わたしは心配そうに答えた。「そうするよりなかったんです。頬にいやらしい虫が止まっていたものですから。姫さまはお気づきではありませんでしたけど。放っておいたら、刺されていたかもしれません」

しかしジェイド・リーフはいきなり子供みたいに敷物の上にぺたんと座りこんで、くりかえした。

「わたしをぶつなんて」

「さようですわ」パットゥがいきなり口をはさみ、わたしは驚いた。「ごらんください、姫さま」パットゥはＬＪＬにつぶれた果物のかけらを見せた。わたしのピンチを救うためにとっさにつかんだにちがいない。「なんて恐ろしい虫でしょう」

「よろしゅうございましたわ」デングウィも調子を合わせた。「クライディが機敏に反応してくれて」

ジェイド・リーフの口はますます広がり、目は奥に引っこんだ。「お母さま！」声をふるわせて叫ぶ。「お母さまを連れてきて！」

そのとたん魔法のように、開いたドアからプリンセス・シムラが侍女をぞろぞろ連れて入ってきた。

「お立ちなさい、ジェイド・リーフ。なにを考えているの？　気球に乗ってきた敵が会議室に連れていかれたというのに。すぐに着替えなさい。みなさんおそろいになります。プリンセス・ジザニア・タイガーもね」シムラはいぶかるような口調で冷ややかにつけくわえた。

会議室に行くときは、だれでも青い服を着ないといけない。なんでかわからないけど、これまた〈ハウス〉の規則のひとつ。

ＬＪＬはいつになくおとなしくしててくれたけど、こんなに急いで着替えをさせるのは楽じゃなかった。

緑の髪粉の上から青の髪粉をかけたら、とんでもない色になっちゃうし。引っぱたかれて赤くなった頬は、パットゥが白い粉をはたいてごまかした。でもシムラは気づきもしなかった。

自分たちの髪までかまってる暇はなかったので、わたしたちは大急ぎで青いターバンのなかに髪を押しこむしかなかった。

どっちにしても、わたしは手がふるえて、髪を整えるどころじゃなかったけど。

会議室は広かった。銀の円形模様の飾りがはめこまれた高い天井は大理石の柱で支えられ、床は磨きこまれてつるつるしてる。この床はよく知ってる。九歳か十歳のころ、五日おきにここの床磨きをさせられてたから。一日がかりの大仕事だった。

床の高くなったところに青いフラシ天の椅子がある。そこが貴婦人たちの席。そのまわりを男女の召使や奴隷たちがかこんで扇であおいだり、小さなタバコのパイプや心の落ち着く飲み物を出したりする。

反対側の席は王族の男性たちが占めてる。男性陣は召使をほとんどそばに置かず、それぞれの議論ごとに決定を下す。けれど部屋の正面には布のかかった長いテーブルがあり、その奥に天蓋と金箔を張った椅子が七つ並んでる。これはオールド・レディと呼ばれる女長老たちの席。オールド・レディたちも貴重な投票権を持ってる。

ＯＬの席は三つしか埋まってなかった。八十歳のプリンセス・コリス。八十五歳のプリンセス・アーミンガット。このふたりはどんな会議にも出席して、最後には大げんかを始める。ふたりの意見は一致したためしがない。

今日はもうひとつ椅子が埋まってた。

うわさによると、プリンセス・ジザニア・タイガーは百三十歳だった。たしかにそれくらいになってそう。でも、すごい美人。とびきり薄くて上質の白い紙でできてるみたい。たるんだまぶたの下には、淡い琥珀色の真珠のような瞳。髪はなくて、今日はヘッドドレスをつけてた。無色に近い銀色のビーズのネットを大粒のエメラルドでとめてる（ジザニアだけは青いものを身につけず、ドレスもアッシュグレーだった）。

年をとるなんて、ましてやジザニアほど年をとるなんて、まだ想像もつかない。でもどうせ年をとるんなら、あんなふうに年をとりたい。

声もすてきだし。やわらかくて、低くこもった感じで、耳に心地よい。声だけ聞いたら、六十歳くらいかと思っちゃう。

規則はどうあれ、会議になんかわざわざ出ない。ジザニアが出席するのは、どうしても避けられない晩餐会と儀式だけ。

退屈でどうでもいい行事のほとんどを逃れられるなんて、いい気分だろうな。

今日は、上品にまげたほっそりした手に年老いた細い顔をあずけて座ってる。手にはきらきら輝く大きなトパーズの指輪がはまってた。

会議室のまんなかに広いスペースがあった。その両側を武器を携えた衛兵たちが三列に並んでかためてる。

わたしは会議室に入るなり、彼を探した。あの囚人、〈ハウス〉に侵入した敵を。でも衛兵は派手な見せ場をつくるのが好きだから、いまごろになってやっと囚人を連れてきた。

囚人はいたって陽気で、まったく動じてないみたいだった。もしかしたら気球が落ちたときにけがをして、勇敢にもそのことを隠そうとしてるのかもしれないけど。

衛兵たちが囚人を会議室のまんなかに残して、その場を離れると、いっせいにみんなの視線が囚人のほうにそそがれた。王族のなかには拡大鏡を目に当てた人もいる。

会議室にいつもともされてる明かりのもとで見ると、彼の髪はまるで金の炎そのもの。ゆったりしたダークグレーのコート。その下には白いシャツ。ブーツはオフホワイトだった。でも、なにより目を引くのはその若さ。わたしよりは年上みたいだけど（わたしはいま十六歳と半年ぐらいだって話したことあったっけ？）。たぶん十八、ううん、十九かな。わたしと同じ「年齢層」に入る。

にもかかわらず、そうといいきれないのは、彼に備わったきらめきのせい。磨きがかかってるっていうのかな。わたしは以前この床を磨いてたけど、この人の場合、命によって磨かれてる。生きていること、生きることによって。そして光り輝いてる。

だれも知らない外界から、〈荒地〉の名で知られる地獄から来たっていうのに。

〈荒地〉から来たものがすてきに見えるなんて、考えたこともなかった。きっと恐ろしい姿をしてるはず、見ればぞっとするだろうと思ってた。こんな人は想像したこともない。輝くばかりにハンサムで、エネルギーに満ちあふれ、ごく自然に尊大さをまとった人。太陽を溶かしたみたいな髪をした人。

いつのまにかプリンスのひとり、ショーブが立ちあがって、王族が居並ぶ、高くなった床を歩きだし、オールド・レディたちの前に進んだ。ショーブはさっとそっちをむいて、軽くおじぎをした（アーミンガットは甲高い声で笑い、コリスはトラブルをいまかいまかと待ちうけるような顔をした。ジザニアの表情は読めなかった）。

それから険しい目で囚人をじろじろ見つめた。

「〈ハウス〉の言葉は話せるようだな」

囚人は軽く肩をすくめた。「ほかにもいろいろ話せる」

「そんなことは興味ない」

「じつをいうと、ぼくもなんだ」囚人は答えた。

感じのいい声だった。声が澄んでて、ちょっとだけなまりがある。このふてぶてしさもわたし好み。

ショーブの好みには合わなかったみたいだけど。

「笑いごとじゃない。おまえはまずい立場にある。それがわからないのか」

「まあ、発砲されて、気球を墜落させられたんだからね。想像はつくよ」

衛兵たちから怒声があがり、ショーブが囚人をにらみつけた。

「名前は？」

囚人は横をむいた。片手をコートのポケットに入れたとたん、百の短剣とライフルがきしるような音を立て、威嚇するような角度に構えられた。でも囚人がポケットからとりだしたのは、ただのハンカチだった。きれいに洗ってある、真っ白なハンカチ。

「ネミアン」囚人は答えた。「それが名前だ」それから自分の立たされてたスペースを横切り、オールド・レディたちが座ってる（守りのない）テーブルと椅子のほうへまっすぐ近づいていった。そしてジザニア・タイガーの前にハンカチを置いた。

そのあいだにもショーブは大声で叫び、衛兵たちは列を乱し、ライフルはかちかち音を立てて火を吹かんとしてた。わたしはＬＪＬをあおぐための扇をとりおとし、両のこぶしを口に当てた。大失態。でもそのときは自分のしでかしたことに気づいてなかった。

トパーズの指輪をはめた手を上げたのは、ジザニア・タイガーだった。

「いいでしょう。望みはなんです、お若いかた」ジザニアはすばらしい声でいった。

「これをあなたにさしあげることです」

「なんです、それは。あなたの鼻をふくぼろきれですか」

ネミアンは声を立てて笑った。笑い方もステキ。ジザニアもそう思ったみたい。唇にうっすら彫りこまれたみたいな笑みを浮かべた。

「もちろんちがいますよ、奥方。〈荒地〉の花です。お気に召していただけると思うのですが」

ショーブがわめいた。「そんなものにお手を触れてはなりません——毒かもしれませんぞ」

けれどジザニアはいった。「〈荒地〉にあるものすべてが悪しきものとはかぎりませんよ」

こんな話、聞いたことない（ちなみに、わたしがこぶしで口をおおってることに気づいて、手を下ろしたのはこのとき)。

ジザニアはハンカチを広げて、花を手にとった。たしかに花だった。みずみずしく、しゃきっとしてる。大きな緑の葉は生き生きしてるし、頭状花の色はあざやかな赤だった。

「ああ、この花」ジザニアはいった。まるでこの花を知ってるみたいないい方。でも断言するけど、こんな花、〈ガーデン〉には咲いてない。ってことは、〈荒地〉に咲いてた花にちがいない。

〈荒地〉は〈地上の地獄〉のはずなのに。だれもがそう話してたわよね?

ネミアンはおじぎをして、ジザニアに背をむけた。それからわたしたち全員を見渡した。よく見れば、額に血の筋がついてたけど、それでもヨユーの笑みを浮かべてる。目には疲れが見えた。かわいそうに。きれいな色だと思ったんだけど、どんな色だか忘れちゃった。覚えてるのは、目の形と目の下のくまだけ。

ネミアンはいった。「探し物の途中なんです。あるものを探して旅をしてるんですよ。こちらのすばらしい庭を訪れたいとも思いましたが、あなたがたが否とおっしゃるなら、そのままよそに行ってもよかったんです。結局、ぼくに選択の余地はなくなった。撃ち落とされてしまったので。この国はお客に慣れていないようですね。じつに残念ですが」

それから、なんとあくびをした。

こんなに品よく床に座りこむ人は見たことがない。体を投げだして横になっても、キマってる。

ネミアンはあっというまに寝入ったみたい。

そろそろあなたもわたしの突拍子もない思考パターンに慣れたころだと思うけど、このとき、頭をよぎったのはこの部屋の床を磨いた日々だった。あのころは、いつの日かネミアンがそこに大の字になって眠る日が来るなんて思いもしなかった。そう思ったら、なぜだか胸の奥がズキンとした。涙をこらえてるときみたいに。

でも衛兵たちが前に押しよせてきてネミアンをとりかこみ、その姿をわたしたちの目から隠してしまった。眠りこんだネミアンが危険なたくらみを実行し、わたしたちの命をおびやかすとでも思ってるのかしら。


それから数分のうちに、わたしたちのほとんどが会議室から追いだされてしまった。なかに残ったのは、年配のプリンスだけ。あのショーブとかね。オールド・レディたちまで丁重に、でもきっぱりと退出を求められた。

ジザニアは逆らわなかった。ほかのふたりはけらけら笑ったり、キーキー声をあげたり、暴れたり。まるでパーティから追いだされる、始末に負えない子供みたい。老けてるけど。

外の部屋では、追いだされた王族がおしゃべりしてた。ジェイド・リーフはもういつもの彼女にもどってるかと思ったけど、母親のプリンセス・シムラのところに飛んでった。

「お母さま、お母さま、いっしょにいてもいい？」

「これから図書室に行くのよ」シムラは答えた。「読書をしにね」ＬＪＬが肩に頭をあずけると、不快そうな顔をした。

「ごいっしょさせて、お母さま。わたしも行きたいの、お母さま」

「でも、読書なんてきらいでしょう？」

ジェイド・リーフはシムラより頭ひとつぶんくらい背が高い。それがいまではだだっ子みたいにふるまって、甘ったれた声を出してる。こんなことはめったにないから助かるけど、オエーッっていいたくなるくらい気持ちが悪い。見たところ、シムラも同感みたい。

それからまもなくジザニア・タイガーがさっそうとあらわれた。長く引いた錦のドレスの裾をふたりの侍女が誇らしげに捧げもってた。ジザニアが通りすぎるまでに、シムラはまんまと娘から逃がれ、ＬＪＬはがっくりしてわたしたちのところにもどってきた。片方の頬の腫れはだいぶ引いたけど、頭のほうはまだボケてるみたい。これって、わたしのせい？

でもわたしはうわの空だった。あの人のことが頭から離れない。

王族たちはネミアンをどうするつもりだろう。不法侵入者がどんな刑に処されるか、話だけはいろいろ聞いてる。ライオンのこと、覚えてる？　殺されたライオンのこと。

でも、ぐずぐずしてはいられなかった。ＬＪＬが〈宝石室〉に上がっていったので、わたしたちもついてかなきゃいけなかった。

子供のころはこの部屋が好きだった。〈ハウス〉の古い宝石や装飾品はたいてい、ここのガラスケースに陳列されてる。だけど、いまはこの部屋に来ても、いらいらするばかり。どうしてなんだろう。

今日は部屋を見るどころじゃなかった。デイジーもそうみたいだし、ほかにもそういう女中がふたりいた。デングウィとパットゥのことじゃないけどね。

こんなことを書くのは照れくさいんだけど、少なくともデイジーとわたしはネミアンにときめいてるんじゃないかな。とにかく、わたしがときめいてるのはたしか。名前を思い浮かべただけで、顔がかーっと熱くなる。

これってヒサンじゃない？　〈地獄〉からきた浮浪者なんかに恋しちゃうなんて。どうせすぐに殺されちゃうような人に。それもむこうはあわれなわたしになんて目もくれないにちがいないのに。

ＬＪＬはブレスレットやイヤリングをうっとり見つめてる。でも、ＬＪＬの意識がだんだんはっきりしてくるのがわかった。べたべた気持ち悪い女の子を演じるのもおしまい。いつものヘビみたいな雰囲気がもどってきた。べつにヘビに文句はないけどね。ヘビみたいな人間がいやなだけ。

「クライディ」ＬＪＬがいきなりいった。鋭く、はっきりと。

「はい、姫さま」ますます気が重くなった（ネミアンに気をとられてても、プロの手による鞭打ちのことは忘れてなかった）。

「強烈なビンタで恐ろしい虫を退治してくれて、礼をいうわ。虫だったのよねえ？」わたしははにかみ、喜んでるような顔をとりつくろった。「おまえがそんなに忠誠心に篤いとは知らなかったわ。ごほうびをあげないとねえ」ＬＪＬは満面の笑みを浮かべた。「今夜お母さまに話したら、お母さまはきっと鞭打ち名人の執事にお命じになるわよ。とびきりきれいなリボンを鞭に結べ、とね。ところで、どんな鞭だか知ってる？」ＬＪＬが身をかがめてきた。現実とは思えなかった。でもガラスケースに背中を押しつけられてるので、ＬＪＬの投げた文鎮で背中を痛めたことをいやでも思い出す。「とげがついてるのよ」ＬＪＬは勝ち誇ったようにいった。ああ、どうしよう。とげのついた鞭だって。

ＬＪＬは例によって鈍重な動きで振り返ると、ガラスをたたいた。ガラスがびりびりふるえた。わたしもふるえてた。

ほかの女中たちも暗い顔をしてた。でも貴婦人たちがにぎやかに入ってきて、敵の侵入者は〈黒大理石館〉に投獄されたと大声でいった。

デイジーが息を飲んだ。つづいて、わたしも。貴婦人のひとりがこっちを見て、鋭い口調でいったから。「ああ、あなた――クライディとかいう子じゃなくて?」「はい、奥さま」「プリンセス・ジザニア・タイガーがお呼びですよ」

なぜか吸いこんだ息がおかしなところに入ってむせた。パットゥが背中をたたいてくれた。傷からは少しそれててくれて助かった。

デングウィがわたしを戸口のほうに連れてった。「いい? プリンセス・ジザニアのご用件はわからないけど、プリンセスはおやさしいかただと聞くわ。あのかたのお慈悲にすがるのよ。鞭だけは食らっちゃだめ。知ってる? わたしの姉さん、鞭を食らったの。そのせいで――」デングウィの顔はなめらかな黒い鋼鉄のようだった。「死にかけたのよ」

わたしは言葉につまった(そもそもデングウィにお姉さんがいるなんて、聞いたことあったっけ?)。どっちみち答えてる暇もなかった。横柄そうなジザニアの奴隷がじりじりしながら待ってたから。オールド・レディの奴隷は、ほかの王族に仕える女中より地位が高い。

すでに頭のなかがぐるぐるしてた。あんまりいろんなことが自分の身に起こってるんだもん。知ってのとおり、十六年とちょっと生きてきて、いままでこれといった事件もなかったのに。

檻のライオン

いま、月を見上げてる。皮肉なことに今夜は月が見える。もうひとつ皮肉なことに、ＬＪＬのお粗末な詩の一節が耳について離れない。おお、月よ、水面に漂うレモングリーンの月よ――

いまはある意味、かわいそうな人だなって思う。そんなふうに思うなんて、ばかみたいだけど。でも、あの人には希望もなにもないんだもの。ひとかけらの希望もない。あの人は一生あのままなんだろう。ひねくれ者で、意地が悪くて、ズルくて、絶望的に醜い。ＬＪＬは幸せじゃないんだと思う。幸せだったら、ああはならない。レディ・アイリスとか、プリンス・イーグルとか、ほかの王侯たちを見ればわかる。みんな召使たちに親切だもん。

ネミアンがカッコよく横たわって眠りについた、あの床を磨いてたころ、こんなふうに教わった。勤勉に働き、苦労をすることで、人格は磨かれる。立派な人間になれるんだ、って。

たわごとも休みやすみいえっていうのよ。

それはともかく、この高い窓から月を見てる。頭のなかはぐるぐるしてるし、体じゅうがふるえてるけど、それでいてなぜか晴れやかな気分。ジェイド・リーフに対する怒りもない。

でも女中仲間のことを思うとフクザツ。とくにデイジーとパットゥに対しては。さよならもいえないだろうから。

話をもどすね。

ジザニア・タイガーの横柄な奴隷に連れられて、（窓とか、木の床とか）鏡みたいにぴかぴかの廊下を通り、大理石の階段を上っていった。やがてジザニアの部屋に着いた。平らな屋根の上に建てられた部屋。屋根の上には庭園もあった。鉢植えの木や、噴水つきの池があって、色あざやかな魚が泳いでる。

ジザニアはこの庭に面した部屋に座ってた。

宝石でできたヘッドドレスはもうはずしてて、わたしは形のよいスキンヘッドに見とれた。ほんとに迫力の美人（ジザニアに圧倒される理由は、もちろんそれだけじゃないんだけど）。

「お座りなさい」ジザニアがいった。「お腹はすいてる？　喉は渇いてない？」

わたしはびっくりして、いいえとつぶやいた。口のなかはからからだったんだけど。

ジザニアにはお見通しらしかった。まあ、容易に見てとれることなんだろうけど。ジザニアにいわれて、奴隷がコップにフルーツジュースをついだ。オレンジジュースだと思う。女中フロアでは、水で薄めたのしか飲んだことがない。

「どうしてここに呼ばれたのか見当もつかないでしょうね」

「はい、奥方さま」

「今日は忙しかったわね」ジザニアはそういって、低い声で短く笑った。〈ガーデン〉の狐みたいな声。それから、こうつづけた。「ジェイド・リーフは気持ちよく仕えられる主人ではないでしょうしね。わたしも調べてみましょう。ああ、いいのよ。はい、そうですとはいえないことくらいわかってますからね。でも、クライディ、これからのあなたの生活、バラ色とはいかないのではなくて？　ちがう？」

ジザニアがわたしの名前を知ってるなんて、驚きだった。わたしのことを知ってるなんて。

わたしはぎこちなく答えた。「はい、おっしゃるとおりだと思います」それからデングウィの言葉を思い出し、つい口をすべらせた。「こんなに早く切りだすつもりじゃなかったんだけど。「今日、レディ・ジェイド・リーフの顔を引っぱたいてしまったんです。レディ・ジェイド・リーフはしかるべく鞭を打たせるとおっしゃってます。その……とげのついた鞭で」

ジザニア・タイガーは美しい眉をゆっくり上げた。

「引っぱたいた？　とげのついた鞭ですって？　聞いたことがないわ。そんなものがあるとは思えないけど」

わたしは一瞬、不安になった。たしかにあるってことは、デングウィが知ってる。

やがてジザニアはこうつづけた。「万一そんなものがあっても、べつの罰を考えたほうがいいでしょうね」

わたしはまたしても口をすべらせた。「ありがとうございます。ありがとうございます」ジザニアが〈ハウス〉の権力者だってことはよくわかってる。ジザニアの約束さえとりつけられれば、もうだいじょうぶ。少なくとも当面は。それ以上を願うことはできそうにない。

突拍子もない考えが頭に浮かんだ。わたしをジザニア・タイガーの女中にしてもらえないかな。ジザニアの女中はわたしたちほど人数がいない。それに女中フロアも使ってない。ジザニアの住まいのなかに自分たちの部屋を与えられてる。

そんなとびきりの幸運がわたしのもとにころがりこんでくるなんて、どう考えてもムリ。そう思ったら、慎重にふるまわなきゃって気になった。

するとジザニアがだしぬけにいった。「敵の侵入者をどう思いますか。あのネミアンという若者を」

顔が赤らんだと思うでしょ？　それがなぜか赤くはならなかった。あんまりびっくりしてしまったから。

「え――あの――彼は――ええと――その――」というのが、わたしのすばらしい返事。

「とても恐ろしい敵だと思わない？」ジザニアがいった。「きっとあなたもこわくてたまらなかったでしょうね」

嘘をついてもしかたがないって気がした。ジザニアの目は、わたしにはあなたの心が読めるのよ、といってるみたいだったから。

「ここのプリンスみたいだと思いました」わたしは答えた。「いえ、それ以上です」

「そうね」ジザニアはいった。「とても健康そうだし、大胆だし。それにあの髪」ジザニアの声は、いままで以上に若々しかった。五十くらいにしか聞こえない。わたしは結局、顔を赤くした。ジザニアはとくに気づいたようすを見せなかった。「それに〈荒地〉から持ってきたあの花。びっくりしたでしょう？　〈荒地〉に育つものがあるなんて考えたことがある？　美しくて健全なものが」

「いいえ、ありません。〈荒地〉はどこもかしこも毒に汚されていると思っていました」

「一部はね。一部はそうよ」

しばらく話がとだえた。わたしの目は落ち着きなくさまよった。止まり木にみごとな藍色の羽の鳥が止まってた。ジザニアみたいに年老いた賢そうな目でこっちを見てる。

いきなりジザニア・タイガーが立ちあがった。年のせいで動きにかたさはあるけど、それでも優雅。

「いらっしゃい」といわれて、わたしはあわてて腰を上げた。当然、どこに行くのか訊ねるような無礼は働かなかった。

けれど、わたしたちがむかったのは部屋の奥だった。ドアを通りぬけて、裏の階段を下りた。くねくねまがりくねった階段で、狭い窓しかなかった。複数の階を通りすぎたにちがいない。やがてジザニアがブレスレットについた鍵を手にとり、狭いドアの鍵を開けた。

ドアのむこうにはカーテンがかかってた。カーテンをくぐると、そこは〈黒大理石の廊下〉だった。

気持ちのいい場所じゃなかった。軽い罪を犯すと、罰として夜に送りこまれるのがここ。壁に巧妙に開けられた穴からはブキミな音が聞こえ、ほんのり照らしだされた壁には陰気な絵がかけられてる。たとえば、処刑のようすとか、〈荒地〉への追放をいいわたされた人々が泣いて慈悲を請うようすとか。子供のころに何度かこの床に座らされたことがあるけど、あとで必ず夢にうなされた。罰を与えるほうも、そうなると承知してる。

長い廊下の先は中庭。そこに〈黒大理石館〉がある。

ブレスレットについていたべつの鍵で、庭に出るドアが開いた。

大きな舗石を敷きつめた通路を下りてくと、〈黒大理石館〉に到着する。その黒い柱が黒い丸屋根を支えてる。柱と柱のあいだには、黒い、頑丈そうな柵が張りめぐらせてあった。

頭上には太陽が輝いてたけど、〈黒大理石館〉は真っ暗に見えた。柵や柱のむこうになにがあるのか、まったく見えない。

けれどジザニア・タイガーは、わたしひとりをお供にしたがえて、舗装した通路を歩いていった。すぐにふたりの衛兵が建物のむこうから大股に近づいてきた。

オールド・レディに対して敬礼し、気をつけの姿勢をとったけど、ジザニアがさらに近づくと、ひとりが叫んだ。

「お待ちください、奥方さま。ここには敵の囚人が収容されております」

ジザニアはうなずいただけだった。

「そうでなければ、なんのためにわたしがここに来るというのです？」

「よろしいですか。かの囚人は〈荒地〉から来た異邦人です。御身のためです。どうか――」

「老いぼれは自分の安楽椅子にもどっていろ、と？」ジザニアの声に衛兵はまっぷたつ。厳格な軍人の威厳もカタなし。「いいこと、ぼうや」プリンセス・ジザニア・タイガーはいった。「〈ハウス〉のオールド・レディに命令を下せるなどと思いあがらないことです」

するとと衛兵は敬礼というよりへこへこしていった。「申しわけございません、奥方さま」（もうひとりの衛兵はにやにやしてた）

ジザニアがすたすた歩いていくので、わたしもついてった。

ネミアンは〈黒大理石館〉の檻の裏側のほうにいた。さっき衛兵たちがいたところだ。たぶんネミアンを侮辱してたんじゃないのかな。それか、ただおしゃべりしてたのかもしれない。〈荒地〉にちょっぴり興味を持つ人だっているはずだから。

ネミアンは檻のなかに立ってた。コートはベンチにかけてあった。ネミアンの姿は——近くで見ると、圧倒的だった。じっと見つめることさえできなかった。

「ああ」ネミアンはいった。「こんにちは、偉大なる奥方さま、ならびに青いスカーフに緑の髪を突っこんだ青いドレスのお嬢さん」

ネミアンがわたしを見てるのがわかった。いつまでも、いつまでも。わたしになんか目もくれないだろうと思ってたネミアンが。

「この子がクライディです」ジザニア・タイガーがいった。そして、こうつけくわえた。「略してクライディ。フルネームはクライディティッサ・スターです」

わたしははじかれたように顔を上げた。目を丸くしてジザニアを見る。さぞかし無作法に映ったにちがいない。言葉も出なかった。ゴージャスなネミアンのことさえ頭から吹っ飛んだ。

それが——いまのが——わたしのほんとの名前だったの？

字を書きすぎて、腕が痛くなってきちゃった。でもやめるわけにはいかない。時間がない。月が動いた。下に行く時間になる前に最後まで書けるかな。

一分ばかり自分の新しい名前にぼうっとしてて、ジザニアとネミアンの会話を聞いてなかった。ふたりはなにか話してた。

われに返ったとき、ネミアンがこう話してるのが聞こえた。「ご親切にありがとうございます。いいえ、たいしたけがではありません。あざがいくつか、かすり傷がひとつ、ふたつできただけで。落ちるときに気球がこちらの木をかすったので、手ごろな枝にぶらさがることができたんです。そのあとまた気球は進路を変えて、かなり遠くで落ちてくれました。めちゃくちゃラッキーでした」

「ラッキーなのに、めちゃくちゃなの？」

ネミアンがほほえみ、その顔に少しだけ赤みがさした。わたしの心臓が宙返りした。このときやっとネミアンのことを思い出したみたいね。

「品のない言葉を使ってすみません」ネミアンがいった。「しばらく旅をしていたので、礼儀を忘れてしまいました」

それからまたこっちを見た。一瞬、目が合い、わたしはその瞳のなかに沈んでしまうんじゃないかと思った（まだ瞳の色が思い出せない。青だっけ？　それともグレー？？？　まあ、すぐにわかるだろうけど）。そしたら、ネミアンがあのステキな笑顔を見せた。で、思ったの。あんまりメロメロになっちゃダメだって。だから、いかめしく、いやな顔をしてにらみつけた。ネミアンは笑った。それで、わたしはそっぽをむいた（子供っぽいわよね。どうしたらいいか、わからなかったんだもん）。

ネミアンはジザニアにいった。「もううんざりのようですよ、レディ・クライディッサ・スターは」

「そろそろ〈お茶〉にしたいのでしょう」

「それでは、これ以上時間をとらせず、ティータイムをとれるようにしてあげてください」

気がつけば、ジザニアのほっそりしたかぎ爪のような手で腕をつかまれ、まわれ右をさせられて、舗石の上をもどり、衛兵のあいさつを受けてた。わたしのせいで、なにもかもぶちこわしになっちゃったみたい。「なにもかも」がなにを指すのかわからないけど。

ジザニアの部屋にもどると、彫刻入りのテーブルにとびきりおいしい〈お茶〉が用意された（ほんとは昼食の時間なんだけど）。わたしが給仕をするんだとばかり思ってたけど、テーブルについて、いっしょに〈お茶〉をいただきましょう、といわれた。

といっても、ジザニアはアイスココアを飲んだだけだった。

（〈お茶〉のことも少しくらい書いておかないとね。出されたのは、絵皿に盛りつけられた桃のスライスやイチゴ、焼きたてのケーキ、鳥の形をしたビスケット、ウサギみたいな形の白いバター。それにあらゆる種類のホットドリンク、アイスドリンクがあった。カップもグラスもきらきら）なんにも食べられなくて、すごく残念。食べようとはしたのよ。こんなごちそう、はじめてだもん。でも食べられなかった。理由はわかるでしょ？

わたしの食が進まないのを見て、ジザニア・タイガーは話を始めた。それを聞いたら、飲みくだそうとしてた食べ物や飲み物まで、まったく喉を通らなくなっちゃった。

「〈ハウス〉については」ジザニアはいった。「いろんなことがいわれているわ。むかし、〈ハウス〉は聖域だった。十分に楽しいところだったのよ。それがいまでは、ねじを巻きすぎた時計のようになってしまった。不規則に動いて、まちがったときを告げるの」

それからこういった。「〈荒地〉についても、いろんなうわさがあるわね。〈荒地〉の話をして、小さな子供たちをこわがらせる大人もいる。でも、あの花を見たでしょう？　〈荒地〉は話に聞くほど悪いところじゃないのよ。みんながいうほど〈ハウス〉がいいところではないのと同じ」

さらにこうつづけた。「それからあの若者、ハンサムな囚人さん。みんな、彼をどうしたらいいかわからないの。あの若者にはわたしたちを傷つけるつもりなんてなかった。でも〈ハウス〉の住人は外界のものをことごとく疑い、恐れることに慣れてしまった。だから彼を閉じこめておくことしかできないの。このまま何年もあの檻に閉じこめておくことになるかもしれないし、あるいは、いきなりいわれのない不安に駆られて、やっぱり殺そうということになるかもしれない。だから逃がしてあげるべきじゃないかと思うのよ。でもねえ。だれか助けてあげる人がいなくては。方法はあるの。でも、わたしの年ではねえ。とてもじゃないけど、そんな冒険はできないわ」

そういったあと、鷹のように鋭い琥珀色の瞳でわたしの目をのぞきこんだ。

「そこで思いついたのがあなたなの。あなたはここでつらい日々を送ってきたわ、クライディ。ここにいて、どんな希望があるかしら。なにか楽しみなことってある？　ぶたれて、不快な目にあわされて、おもしろくもない仕事を延々とさせられるだけよ。希望といえば、せいぜい従順な召使と結婚することくらい。それだって、許可が下りればの話だわ。あなたもそんな牢獄から逃げるべきだと思うのよ」

わたしはジザニアの話についていけなかった。正確には。それでも心臓はちゃんと理解してて、ドックンドックンいってた。

ジザニアはほんとにわたしの心臓が理解したとおりのことをいったの？

「ねえ、クライディ、あなたなら十分に恐れ知らずだし、若さもある。そのうえ困った状況におかれてる。ネミアンを〈黒大理石館〉から出し、〈ハウス&ガーデン〉の外まで連れていって、地獄の〈荒地〉に……つまり広い世界に逃がす手段をあなたに託すといったら……やってみる気はある？」

はい、心臓さん、大当たり。

ジザニアはいった。「〈荒地〉にはわたしたちの知らないこともあるのよ。それにあなたもいっていたわね、ネミアンは王族だ、って。彼はある大きな町の、おそらくここより大きな町の出身なの。だからあなたの面倒もみてくれるわ」

わたしはよく考えもしないうちに叫んでた。「なぜですか。わたしなんて、ただの――」

「ただのなに？　ただの女中？」

ジザニアの言葉にわたしはしゅんとなった。そりゃ、ジザニアのいうとおりだけど、その言葉を飲みこむのは食べ物を飲みこむ以上につらかった。わたしは女中――奴隷なんだもん。

プリンセス・ジザニア・タイガーは半ば背をむけて、藍色の鳥のほうに手首をさしだした。鳥はモスリンみたいに軽やかにジザニアの手首に舞いおりた。ジザニアが桃を与えると、鳥は上品にくちばしでついばんだ。

「クライディ」ジザニア・タイガーがいった。「あなたが生まれた年に両親が追放されたことは覚えてますか」

「は――はい」

「ふたりは〈しきたり〉を冒涜したのです。もっとも重大な〈しきたり〉を」

「はい」

「あなたはそれがなんだか知らない。話してくれた人はいないでしょう?」

わたしはうなずいた。鳥がこっちを見てた。それからわたしのまねをして、うなずいた。

けれどジザニア・タイガーはこう話した。ひとつめの冒涜は、わたしの母が〈ハウス〉のプリンセスで、父が母の執事だったこと。ふたつめは、このわたし。つまり、わたしが生まれたという事実だった。ここでは許可を受けずに子供を産むことはできないし、身分ちがいの両親の子供は絶対に許されない。

「でも、〈ハウス〉の王族は罪のない子供を追放するのはしのびないと考えたの」ジザニア・タイガーはいった。「だから、かわりにあなたをつらい仕事に従事させることにした。そこで、あなたのお母さんの友だちだったシムラが――どうやら真の友だちではなかったようですが――あなたをあの残忍な娘の女中にしたのよ。ぱんぱんにふくれあがったおできみたいな娘に。だれかが破裂させてやったほうがいいようなあの娘に。そうしたことはわたしも目にしていたけれど、さっきもいったように、この年だし、不精になってしまって。それに、いままで解決策もなかったわ。そうそう、もうひとついっておかなくては。ネミアンはあなたが王族だと知っていますよ。わたしから話しておいたの」

「信じたんですか?」わたしはかすれた声で訊ねた。

「あなたはどう?」

どうだろう。わからない。

わかってるのは、ネミアンを開放するのに必要な鍵を全部、ジザニアが渡してくれたってことだけ（ジザニアは〈ハウス&ガーデン〉の鍵を全部持ってるんだって）。それから、なにをしたらいいのか、どこに行けばいいのか教えてくれて、やるもやらないもわたし次第だといった。いやなら、やらなくてもいい。でも、〈荒地〉には花も咲いてるし、どんなところだかわからないけど、ネミアンの故郷もあるし、わたしの両親ももし生きてれば、どこかにいるかもしれない。恋に落ちて、愛の結晶であるわたしを生んでくれた勇敢な両親が。

ふたりの愛が体じゅうを駆けめぐってる。それだけじゃない――全身がほとばしる水と打ち鳴らされるドラムと化し、雷に打たれて燃えあがってる気がする。

もうわかるでしょう？　わたしはやるつもり。ネミアンを開放して、いっしょに逃げる。危険を冒して、〈荒地〉へ逃げる。あなただってそうするんじゃない？

逃亡

月明かりに照らされた〈ガーデン〉は、天国のようだった。天国って、どんなところか知らないけどね。きちんと説明してもらったことがないから。美しい、特別な場所だってことだけはたしかだけど。一瞬、ゾクッとした。この感覚はおなじみ。いいことにしろ、悪いことにしろ。

ジザニアはわたしが恐れ知らずだといってた。でも、あのときばかりは、ぜんぜんそんな気がしなかった。女中フロアにもどってしまいたかった。プリンセス・ジザニアのお使いをしてました、とでもいいわけして。ジェイド・リーフのつきそい当番はデングウィとパットゥだったから、ＬＪＬといえども文句はいえなかったはず。どっちにしてもいえなかっただろうけど。オールド・レディの権力は絶大だから。

ジザニアはみんなにこう話すつもりらしい。わたしを部屋に呼んで、〈お茶〉の給仕をさせていた（ジザニアは〈お茶〉しかとらない。朝食も、夕食もなし）。そのうちにうとうとしはじめた（虎みたいな笑みを浮かべて、「年ふりた女というのは、いつでもうとうとしてますからね」といってた）。そのすきにわたしが鍵の束を盗んで逃げた。

ジザニアはそう話すことになるだろう。きっと不注意だとか、ヌケてるとか思われるだろうけど、ネミアンの逃亡を助けたって嫌疑はかけられずにすむ。

でも、こうも話してた。明日になって、騒ぎが起こってなければ――つまり、わたしが手を貸さず、ネミアンが逃げてなかった場合は――なにもいわない、って。

だけど、ジザニアになんて思われるだろう。きっと意気地なしの腰抜けだって思われるんだろうな。

いま振り返ると――っていうのは、もう遅すぎるから。だって、やっちゃったんだもん。もうあともどりはできない――心配しただけムダだったみたい。

でも〈ガーデン〉のようすを説明させて。書いておきたいの。もう二度と見られないだろうから。笑っちゃうわよね。ここはわたしのものでもあったのに。お母さんについてジザニアから聞いた話がほんとなら。

やわらかいダークブルーの雲みたいな木々は休息してた。それから黒っぽい先細の塔も眠りについてた。芝生はグレーのビロードのよう。黒い影が横たわってた。あちこちの水面に浮かぶ銀色の輪郭の月。きらきらと弧を描いて、休みなくほとばしる噴水の流れ――

どこかで鳥が澄んだ美しい声で短くさえずった。暖かい夜によく耳にする歌声だ。川からはカバのうなる声が聞こえた。

それからライオンがほえた。ほえたからどうだってことじゃない。肺の運動をしてるだけだから。でも、やかましい。

頭上は星空。〈荒地〉の空はまたちがうのかな。

たぶん正確には恐れを感じてたわけじゃないと思う。こんな場所、大きらいだったし、わたしにとってはすごく退屈で、意地悪で、はっきりいって危険な場所だった。それでもいざ離れるとなったら、やっぱり悲しかった。

ジザニアの部屋を出たあとは、知ってのとおり、隠れてこのノートを書いてた。もう鍵はあるし、〈黒大理石館〉の衛兵に飲ませるワインも用意した。それに女中フロアから持ってくるようにジザニアにいわれてたものも。たとえば、じょうぶな靴とかね。いま履いてるのがそれ。それ以外は全部、パンを入れる小さな袋に入れた。この袋は台所から拝借した（また盗みを働いちゃった。袋以外にもいろいろと。いってみれば、ネミアンも盗んできたわけだしね）。

行動を開始するのは深夜だとジザニアはいった。〈ハウス〉の塔の時計が小さくときを打った。時計が鳴るのはいままでは深夜の十二時だけだ。

わたしは〈ガーデン〉に下りて、上段のテラスに生えてる低木の茂みのほうから〈黒大理石館〉にむかった。

（ジザニアにいわれたの。さっきみたいにジザニアの部屋からまっすぐ行くのはやめたほうがいいって。きっと分別を働かせて、自分はこれ以上関わらないことにしたんだな、って思った。でも、いま思うと、わたしに最後のチャンスをくれたのかも。冷静に考えてみるチャンス。不安やヘンなうしろめたさを感じたりするチャンス。ほんとにそうしたいのか自分の気持ちをたしかめるチャンスを）

ところがハイビスカスの茂みのなかを歩いてたら、ライオンとばったり。

どっちもぴたっと立ちどまって、ぽかんと顔を見合わせた。むこうもわたしに劣らずびっくりしたみたい。

どうしたらいいかわからなかった。だって、ライオンだよ。もちろん、ライオンが外に出てるのは見たことがあった。でも、リードがついてた。なんにしても、このライオンはいたってフレンドリーだった。っていうより、無関心？　首を振りふり通りすぎてった。その体は月の光を浴びてクリーム色。白いハイビスカスの花のにおいがした。

でも、もう少し歩いて、茂みのすきまから〈ブドウのテラス〉を見たら、べつのライオンが二頭、月に照らされて駆けおりてきた。二頭は（ちなみにどっちもメス）じゃれあってた。そこらをころがって、ブドウのつるや丸々した実を踏みつぶすので、あたりにはブドウのにおいが立ちこめた。

ネミアンが逃げる予定の夜に、ライオンも檻から逃げだしてたってわけ。いざとなれば、これがうまくみんなの目をそらしてくれそう。

これって、偶然？　ううん、そんなわけない。ジザニアがだれかにやらせたんだ……。だって、ほら、〈ハウス＆ガーデン〉の鍵は全部持ってるっていってたし。そのなかには、ライオンの檻の鍵も含まれてるはず。

このお手柄もクライディのしわざってことになるんだろうな、まちがいなく。ってことは、わたしの名前が〈ハウス＆ガーデン〉の歴史に残るかもしれないんだ！

やがて中庭の壁が見えた。そのむこうに〈黒大理石館〉の丸屋根も。

気持ちが悪くなってきた。でも、なんとか歩きつづけて、いつのまにか壁のドアをノックしてた。だから吐いてる暇なんてなかった。

衛兵のひとりがドアのむこうで荒っぽく答えた。

「なんだ？　なんの用だ？」

「ワインをお持ちしました」

「へえ、ワインか」

だれかうれしそうな声を出した。すると、べつの衛兵がいった。「だれにいわれて来た？」

「オールド・レディのプリンセス・ジザニアです」

ドアが開いた。わたしはほどよくおどおどしながら遠慮がちになかに入った。

衛兵は五人いた。支柱につりさげられたランタンの下のベンチに座って、カードゲームに興じてた。その背後に〈黒大理石館〉があった。明かりに照らされることもなく。

わたしは大きなワインのボトルを二本渡した。それから、カップをふたつ。それ以上は手に持てなかったから。衛兵たちは気にしてないみたいだった。ひとりがポーチから万能栓抜きをとりだして、コルクを抜いた。

五人はワインを順々にまわして、がぶがぶ飲んだ。よし、大成功。ワインはどっちも薬入り。ジザニアが薬を入れるところをわたしは見てた。長い針をコルクに刺しこんで、薬草の汁を一滴ずつ根気よく注入してた。

残念ながら、薬はすぐにはきかなかった。

「その包みの中身はなんだ？」

「囚人のところに持っていくようにとプリンセスからことづかったものです」

「なにが入ってる？　あの男、そいつをどうする気なんだ。明日にはあいつをしばり首にしてやりたいぜ」

「でなきゃ、首をはねるとかな」やけに陽気な衛兵がつけくわえた。「あのきんきらした頭をスパッと」

「いえてるぜ、ジョーヴィス」

「きんきらしすぎだよな」ジョーヴィスが自分のいったせりふに大まじめに同意した。

そういえば、気球を撃ち落としたのはこの男の大砲だった。

「こっち来な」ジョーヴィスがいった。「おれの膝に座れよ」

「いえ、そんな」わたしは礼儀正しく答えた。

衛兵たちは大爆笑。ひとりがご親切にも説明してくれた。「おいおい、こいつは頼んでるんじゃなくて、命令してんだぜ」

こういうことはときどきある。わたしははにかんでみせて、名狙撃手にして未来の斬首執行人、ジョーヴィスにあいまいにほほえみかけた。

「そうしたいんですけど、プリンセスのところにもどらなくてはならないので。おわかりいただけると思いますけど」

「そう急がなくても、プリンセスは気づきゃしないさ」

わたしは気のあるそぶりを見せてからいった。「ちょっと行ってきます。プリンセスからの届け物をあの恐ろしい囚人に渡してこなくては。それがすんだら、あの、たぶん……一分だけなら。わたし、ずっと衛兵隊の方々にあこがれてたんです」

「ああ」ジョーヴィスはいった。「若い娘はみんな、おれたちが好きなんだよな」本気でいってるから、アキレちゃう。

でもワインは強かったし、男たちはまだぐびぐび飲みつづけてる。いつもにもましてばかになってきたし、頭もガンガンしはじめてるみたい。

〈黒大理石館〉にむかうわたしに衛兵たちは手を振った。もどってきたらいい思いをさせてやるからな、とジョーヴィスが叫んでる。

〈黒大理石館〉の前まで来たとき、ライオンがほえた。壁のすぐ外から聞こえたようだった。衛兵たちがげらげら笑った。「今夜はライオンどもが騒がしいな」ひとりが前につんのめって、ベンチからころがり落ちた。ほかの四人がその男を見た。善良なるジョーヴィスが高らかに叫んだ。

「うまいワインに乾杯」

もう安心。わたしは背をむけ、ネミアンの檻にむかってそっと呼びかけた。名前を使って。ネミアンの名前を呼んだのは、これがはじめてだった。

最初は返事がなかった。うしろのほうでは衛兵たちがまだ乾杯してる。いっこうにおねんねする気配がない。

するとネミアンが闇のなかから話しかけてきた。

「クライディッサか?」

心臓が跳びあがった。まったく、わたしの心臓には分別ってものがない。

わたしは咳をして、落ち着きをとりもどしてから答えた。「プリンセス・ジザニアのお使いで来たの」

「クライディッサ」ネミアンがくりかえした。

だから、わたしはぴしゃりといった。「クライディと呼んでちょうだい」だって、耐えられなかったから。この冒険にも、ネミアンにも、この新しい名前にも。

瓶が落ちる音がして、さらにどさっという音がした。わたしはちらっとうしろを見た。やっと薬がきいてくれた。

いきなり目の前にネミアンの姿があった。檻に体を押しつけてる。

「おお、カミサマ」ネミアンがいった（これも新しく聞く名前。〈荒地〉で使う間投詞かなにかかな？）「彼女、やってくれたんだ。薬を盛ったんだろ？　現実になるんだね。きみがぼくを逃がしてくれる。あの人がそういってたよ。頭の切れるクライディが逃がしてくれるって」

わたしは錠をはずした。檻の扉が開いて、ネミアンがライオンのほえる月夜のなかへ足を踏みだした。

衛兵たちはみっともなく折り重なって倒れてた。ジョーヴィスなんか、口を大きく開けてよだれをたらし、うっとりするようないびきをかいてる。ま、この程度の男よね。

「ライオンが外に出てるの」

「そりゃ、大変だ」

「人になれてるからだいじょうぶよ」ほんとにそうだといいけど。

どっちにしても、目指す先は遠くない。もうライオンは見かけなかった。小さなアナグマがのぞいてるのを見つけただけ。

（ライオンたちはしばらくそのへんを走りまわって、〈ガーデン〉をちょっぴり荒らしたあと、檻にもどったんじゃないかと思う）

前にも話したけど、〈ガーデン〉の地下にはトンネルがある。そこに暖房設備がおさまってて、奴隷たちが番をしてる（奴隷たちがわたしより悲惨な生活を送ってることも話したわよね）。

ジザニアは、そうしたトンネルに下りる方法を教えてくれたし、ただひたすら右にまがりつづければ、簡単に通りぬけられるともいってた。わたしたちが使う入口からそうやって進んでいけば、ついには壁の外に出られるはず――!!

思い返してみると、正直な話、トンネルを使うことにはなんのためらいもなかった。たしかにクレージーだけどね。でも、これならわたしを――わたしたちを――妨げるものはなにもなさそうだったから。

ネミアンも質問はしなかった。きっとジザニアが計画を全部話したんだろう。わたしに話すより前に。だからネミアンは、わたしに計画実行の勇気があるのか、〈黒大理石館〉の檻のなかではらはらしてたにちがいない。

トンネルの入口は、木々を計画的に生い茂らせた岩だらけの丘にあって、木々が上から倒れかかるようにして生えてた。わたしはツタのなかにドアを見つけ、鍵を開けて（ジザニアはドアという ドアの合鍵を持ってるにちがいない）、なかに入った。それからパン袋から台所用のロウソクを一本とりだし、球形のガラスをかぶせて火が消えないようにした。

ネミアンがドアを閉めた。

「まがり角に来たら、とにかく右にまがるのよ」とわたしはいった。「わかってる」とネミアン。「奴隷のそばを通っても、気にしなくていいともいってたわ」とわたし。「気にするわけないだろう、奴隷なんか」とネミアン。

その言葉にわたしの心はざわめいた。なんでそのくらい予想できなかったんだろう。これって、たぶんプリンス（?）・ネミアンの国にも、奴隷や召使、それにもちろん女中もいて、その人たちはものの数にも入らないってことよね。だからこそ、ジザニアはわたしの「正式な」名前をきっちり伝えた。「あなたが王族だと話しておいたわ」ともいってた。

でも、そんなこと考えていられなかった。場合が場合だし。

トンネルは狭くて、暗くて、ところどころ水がもれてぬれてた。あちこち板で補強がしてあったし、レンガが落ちてるところもあった。意図的につくりあげられた美しい荒廃じゃない。ただの老朽と放置の結果。

しばらくして、部屋みたいなところを通りすぎた。そこに黒く巨大なボイラーが悪夢に出てくる獣みたいに構えてる。ボイラーは動いてない。ここ数か月、暖かかったから。

しばらく歩くと、もう一台ボイラーがあって、トンネルの側面に小さな穴がいくつか開いてた。奴隷がふたりそこにいたけど、どっちもぐっすり眠りこんでた。

べつのエリアには狐が入りこんで、巣をつくってた。ロウソクの明かりで、こっちをにらみつける狐の目が光って見えた。それから動物の骨も。

二本目のロウソクに火をつけたころから、疲れを感じはじめた。トンネルのなかにいることにうんざりしてきた。うしろからついてくるネミアンが一度か二度、金色の頭を低いたる木か石板にぶっつけて毒づいたので、いまでは気持ちが高ぶるのを通りこして、神経がとんがってきた。

やがて川の音が聞こえてきた。ジザニアがいってたとおり。

通路の先に最後のドアが見えた。その鍵もジザニアから渡されてる。

でも、ドアの前まで来てみると、錠がさびついてた。鍵が動くかやってみたけど、動かない。動かせない。

「ぼくがやる」ネミアンがいった。そのとんがった声を聞いたら、自分が愚かで弱い人間に思えて、どっと疲れた。

でも、なんといってもネミアンは自分の命がかかってたんだもん。奴隷について冷たいいい方をしたのも、ひょっとしたら同じ理由かも。

わたしが脇にどくと、ネミアンはわたしみたいに鍵をまわすんじゃなくて、ドアに体当たりした。ぎょっとしたけど、ドアは開いた。

古いドアだった。さびてるし、腐ってるし。その外には世界が広がってる。

ネミアンはすたすた外に出た。わたしも……あとについていった。

「でも」わたしはあ然としていった。「ドアが――」

「だれもここまでは追ってこないよ」

「でもなにかが入ってくるかもしれないわ。外から――」

「ぼくらは」ネミアンは道理を説いてきかせるみたいにいった。「外にいるんだよ」

そのとおりだった。

闇のなかで見ると、というのも月が隠れてしまったからだけど、「外」は〈ガーデン〉とたいして変わらないようだった。

川があった。広くて、力強くて、鈍く光を放ちながら流れる川が。背の高い葦が鉄の柵みたいに生えてた。あたりは岩だらけだった。ドアのそばにたくさんある。おかげでドアも隠れてる。ラッキーだ。ドアはネミアンがぶち破ってしまったから。

（そのうち〈ハウス〉の人たちが気づいて、ドアを修理するだろう。安全になるまでは、衛兵が見張りをするはず）

わたしは川に沿って視線をうしろにすべらせた。〈ガーデン〉の高い防御壁が濃紺の空を背景に黒々とそびえてた。

いままでこの壁のこっち側に来たことはなかった。

旅の連れはもう座りこんでた。そして軽い口調でこういった。「なにか食べるものを持ってないか、クライディ」

わたしはいらいらしながらも、ジザニアにいわれて女中フロアの炊事場からくすねてきたお菓子をとりだして、ネミアンの前に置いた。ネミアンはとくにうれしそうな顔もしなかったけど、それを食べた。

それから地面に寝ころがった。また眠ろうとしてるんだとわたしは気づいた。

このときまでずっと、ネミアンが会議室でみんなの前で眠ったのは演技で、自分を無害な人間に見せる作戦なんだと思ってた。でも、そうじゃなかったみたい。ネミアンはいつでも好きなときに眠ることができる人間で、いつもそうしてるんじゃないかな。

いまネミアンは眠ってる。わたしはロウソクを消した。人目につくんじゃないかと心配で。壁のむこうから。そして〈荒地〉から。でもここは〈荒地〉に見えない。

しばらくネミアンの寝顔を見てたんだけど、さすがに無遠慮なことをしてる気がした。彼って、すごくハンサム。でも——知らない人だ。

結局、もう一度ロウソクをつけた。さっきの使いかけのロウソクを。その光でこれを書いてる。ほんとにうろたえてる。自分がどこにいるのかもわからない。文字どおり。ネミアンはステキだけど、彼のこと、なんにも知らないし。わからないことだらけ。未来のことも。自分のことさえ、いまはわかんなくなっちゃった。

地獄？

次の日、〈荒地〉を見た。その風景は単純そのもの。太陽が目の前で昇り、赤みがかったオレンジ色の光がわたしの目と背後の岩を射た。川は赤く燃え、鳥たちはいつもとちがうしゃがれた声でうたってた。ネミアンはまだ眠ってた。〈ハウス〉の図書室の本に出てくる、魔法にかけられた王子さまみたい。

体がすっかり冷えて、こちこちだった。わたしは起きあがって、川のほうに歩いていった。しばらく川のそばを歩いてたら、土地が湾曲して太陽のほうへせりあがってるところまで来た。

この斜面を上っていくと、円盤みたいな太陽の下でなにかちらちら光ってるのが見えた。丘の頂まで来たとき、その光が遠くの丘だと気づいた。乾ききった白っぽい色をしてる。右手では川が蛇行し、丘のあいだに消えて――見えなくなった。蒸気だけがあとに残ってた。

この一帯と、うんと遠くの白く干からびたような丘陵地帯のあいだには、とてつもなく巨大な無があった。そりゃ、まあ、なにかあることはあるんだけど、たいしたものじゃない。土地ばかりが――っていうか、砂と塵ばかりが――広がってて、そのなかにぼんやりした影がある。太陽がとらえた部分だけちらっとかたむいて見えるけど、実際の形はわからない。木とか、茂みのようなもの。建物とかじゃない。わたしの知ってるようなものもない。

これが何マイルも何マイルもつづいてる。〈ハウス〉のまわりの〈ガーデン〉よりもずっと遠くまで。

わたしはうしろを振り返った。〈黒大理石の廊下〉の絵画のなかで国外追放になった人たちがやってるみたいに。

夜明けがハチミツ色に輝き、わたしが永遠の別れを告げてきた高い壁を染めあげた。その上を鳥が舞う。そこは安全で、やさしくて、きれいに見えた。でも、夢だった。そして、わたしは目覚めてしまった。

また〈荒地〉を見やった。わたしはつばを飲みこんだ。

お菓子の残りは食べてしまった。たいして残ってなかったし。前の晩にネミアンがほとんど食べちゃったから。

ネミアンはしれっとしていった。「もっと遠くまで来てるはずだったんだけどね。まあ、でも、〈ハウス〉の人たちが追跡にそれほど力を入れることはないだろうし、そもそも追ってもこないんじゃないかな。壁の外までは」それからつけくわえた。「あの気球があればなあ。大破してしまったけど。でも、やっぱりあれで旅をつづけるにはパイロットが必要だったろうな」

「へえ、そうなの？」気球の話はひとこともわからなかった。

「ぼくは技術屋じゃないからね」ネミアンのいい方は、自分は技術屋でなくてよかった、といわんばかり。「マイるよ。ずっとなんでも召使にやってもらってるからさ。ぼくたちはいいコンビになれそうだね。きみがこの旅に音をあげないでくれるといいんだけど、クライディ」

「え、ええ――努力するわ」

「バラの花壇を歩くような旅じゃないからね。きみは運動なんて、せいぜいダンスとか愛犬にキスするくらいしかしたことないんだろう？」

わたしはぽかんと口を開けた。このごろ口ばかり開けてる気がする。口が開いちゃうようなことばかり起こるんだもん。

「でも、子供のころから働いてきたのよ」わたしはきっぱりいった。

ネミアンは笑った。「詩作かい？　それともなぞなぞづくりかな？　え？」

「そうじゃなくて」わたしはほえたてるようにいった。「床を磨いたり、使い走りをしたり、シーツなんかを手洗いしたり、おしろい用の粉をひいたり、それから――」

ネミアンは笑いだした。もちろんその声もステキ。日に当たった髪の毛も――

「わかった、わかった」しまいにネミアンはいった。「そういうことにしておこう」

わたしたちは川まで行って、わたしが持ってきた瓶にきれいな水を入れた。かなり濁ってて、まずまちがいなくカバの糞が混じってるけど。

わたしはネミアンのいったことばかり思い返してた。どうやらネミアンはわたしが正真正銘〈ハウス〉のプリンセスだったと考えてるみたい。王族なんだから、王族らしく暮らしてたんだろうって。

そのあいだずっと、〈ハウス&ガーデン〉の壁はほんの半マイルうしろにあった。いまにも衛兵が出てきて、わたしたちを逮捕するんじゃないかってますます神経がとがってきた。でも、だれも来なかった。もちろん来るはずない。どんなに〈ハウス〉から近くても、ここは〈荒地〉だもん。地上の地獄。〈荒地〉に逃れた者には、もう手が出せない。

ついにわたしたちは出発し、また丘を上りはじめた。ネミアンは丘のてっぺんをじっと見つめ、ため息をついた。それからこっちをちらっと見た。

「クライディ、疲れても、きみを抱えてはいけないからね」

これにはカチンときた。ちょっと、だれが助けてあげたと思ってるの？　でもわたしは口をつぐんでた。目上の人の前で口をつぐんでることには慣れっこだから。

下り坂にさしかかると、ネミアンがまた口を開き、例の〈荒地〉の言葉を使った。「ちくしょう、カミサマ、なんでぼくがこんな目にあわなきゃいけないいんだよ」

それきりわたしたちは黙りこくった。ネミアンが少し前を歩いてく。

平地に着いてみれば――ほんとに平地なのかわかんないけど――地面は、粉をまぶしてねじりあげた羊皮紙みたいに見えた。

歩くそばから砂塵が舞った。はじめは咳が出たけど、そのうち砂埃が喉に落ち着いたみたいで、ふたりとも慣れてしまった。

日が高くなった。太陽にあぶられた山々が遠くにぼんやり見えた。〈ハウス〉の壁はもう見えない。もう二度と目にすることはないんだろうな。

暑かった。すでに。


不公平なことに対する怒りを胸のなかにおさめておくことには慣れっこだった。

それにもう話したよね。彼に恋してたし。

それからもうひとつ。ここまで来ちゃったんだし、彼は道を知ってるみたいだった（知ってるはずよね？）。わたしはなんにも知らない。

でも一日目はサイアク。

袋は肩にくくりつけた。〈ハウス〉の写真のなかで罪人たちが両肩に罪をしょってたみたいに。袋のなかでこのノートがはずんでた。書く気になれなかったし、どっちみち書く暇もなかった。時間ができたときにはくたくただったし。

ネミアンのいったとおりだった。わたしはネミアンが思ってたほどか弱くはなかったけど、いままでこんなことはしなくてよかった。

地面はすごくかたかった。ばかみたいなことといってると思うでしょ？　でも一歩足を踏みだすたびに、地面にぶたれてる気がした。その衝撃で背中までびりびりくる。上からは太陽が頭を踏みつける。

まわりの景色は、丘から見えたのと変わらずのっぺりしてた。いやな感じの岩がいくつかあった（ほんとにいや〜な感じ。なにかタチの悪いものが岩に変わったみたい。でもって、いきなりもとにもどったりしそう）。

トカゲを見かけた。ピンク色で、背中に黒いぎざぎざの線があった。ネミアンは気づかなかった。そんなものは見慣れてるのかも。

空には鳥もいた。羽がぼさぼさした、大きくて、黒い鳥。こっちに興味を引かれてるみたいだったけど、そのうちによそへ飛んでった。

お昼にひときわ気むずかしそうな岩のそばで休憩した。少し水を飲んだら、ネミアンは眠ってしまった。

わたしはめったに泣かない。泣いても、いいことないから。でも、このときは泣きたくなった。それから両親のことを考えた。こんなに恐ろしい旅をしなきゃならなかった両親のことを。どうか、どうかふたりが無事にどこかにたどりついていますように。だって、どこかたどりつく先があるはずじゃない？

両親の旅が無事に終わったことを願えば、わたしもきっとやりとげられる。そうであってほしい、と子供のように願った。ネミアンがもっとやさしくしてくれればいいのに。きみを抱えていく気はないよ、なんていわないで（そんなこと頼んでやしないでしょ）、こういってほしかった。「クライディ、きみは命の恩人だ。最後までふたりでやりぬこう。ぼくが助けてあげるから」って。

でも、わたしはネミアンの顔を見つめてた。そしたら夢でも見たのか、身じろぎして顔をしかめ、枕がわりの丸めたコートの上で首を振った。わたしはかがみこんでささやいた。デイジーが夢にうなされたときに、いつもそうしてたみたいに。「だいじょうぶよ。ええ、なにもかもうまくいくわ」

デイジーがだいじょうぶだといいな。パットゥも、ほかのみんなも。わたしには知りようがないけど。

その日はほんとにさんざんだった。土地はいっこうにかわりばえがしないし、遠くの山はちっとも近くならない。

太陽は空を移ろい、わたしたちの背後にまわった。ついには金糸でかがったみたいな夕焼け空が広がった。鳥たちが針となって空を縫うように飛んでいく。鳥は何百羽といるみたいだった。

うれしいことに夕闇とともに涼しくなり、あっというまに冷えこんだ。

そのころにはブキミな場所に来てた。朝は遠くて見えなかったんだけど。それとも、坂で隠れてたのかな。岩場に小さな池があり、とても優雅な滝があった。〈ガーデン〉につくられてたみたいな滝。でもこの池の水はどんよりよどんだ緑色だったし、滝の水も同じ色をしてた。

「汚いなあ」ネミアンはいった。「なにをしようと、この水には触るなよ。飲めやしないから。命に関わる」

わたしは喉がからからだったし、お腹もぺこぺこだった。食事を抜かれたことはあるけど（デイジーと同じで）、一日全食抜かれた経験はない。

わたしたちは池のそばに座った。滝の音は心をなごませてくれたけど、毒のことを考えたら、なんだかなごめなくなった。〈荒地〉にあるのはやっぱり、みんながいつも話してたように、汚いものばかりなのね。

けれどもネミアンはポケットから細いエナメルの箱を出した。ふたを開けて、わたしのほうにさしだす。箱のなかには小さな砂糖菓子のスティックみたいなものが入ってた。

「ひとつとりなよ」ネミアンがいった。「これにはローストチキンと野菜からとれる栄養がつまってる。とにかくそういわれてるんだ」わたしはそろそろと一本とった。ネミアンも一本とると、さっさと食べてしまい、岩にもたれかかった。「はっきりいって、ローストチキンほどおいしくないな。きみはおいしいと思った？」

わたしは小さなスティックをかみ砕いた。ぴりっとして甘い。ジェイド・リーフのキャンディみたい。でも飲みくだしてしまうと、空腹感はおさまった。疲れもずいぶんやわらいだ。

わたしたちは最後の水を分けあった。

「ごめん、クライディ」ネミアンがいった。暗くなりゆく空に星が満ちて、白く輝いてた。「こんなぼくといっしょにいても、楽しくないよな。なんでぼくがこんな目にあわなきゃいけないのかって腹が立ってさ。でも、やっぱり、うれしくもあるけどね。きみに会えたから。これってなんていうか――ほとんど奇跡だよ。きみは――」ネミアンが口ごもった。わたしの心臓もどぎまぎした。

「きみはすてきだ、クライディ。こんなダップなやつでごめん。どうか許してくれ」

わたしは目をぱちくりさせた。「ダップ」ってなんなの？　まあ、いいや。気分がよくなっちゃった。なんて明るい星空だろう。ネミアンはわたしをきらってるわけでも、連れてきたことを後悔してるわけでもなかったんだ。

わたしは毒の池に耳を澄ませながら眠りこみ、池に落ちた夢を見たけど、ネミアンが助けてくれた。この手の夢って、見るのはうれしいけど、話すとなったら恥ずかしい。わかるでしょ。

翌日、すべてが変わった。

嵐

夜中に一度、目を覚ましかけたにちがいない。星が真っ赤だった。きっと夢を見てるんだわ、と分別くさく思ったけど、そうじゃなかった。

ふたたび目を覚ましたら、すっかり日が昇ってた。

ただ、実際はそうじゃなかった。

ネミアンがわたしを揺すってた。生きるか死ぬかの問題でもなければ、こんな起こし方はするもんじゃないわよね。でも、まあ、生死がかかってたといってもいいだろうけど。

砂嵐は〈ハウス〉にも来たことがあったけど、たいていはすぐにおさまったし、気圧を調節して弱めることもできた。〈ガーデン〉には小規模な気候調整システムがあったから。こんな嵐ははじめて。

空気のかたまりが壁みたいに次々に倒れかかってきた。色はマリーゴールドのような金色か血のような赤。そのあいだに、たえずむきを変えて渦巻くグレーが見えた。

らせんがいくつも渦巻いた。明かりが点滅したかと思うと、ぱっと消え、赤くいぶったあとで、また稲妻みたいに光った。

こんな状況では息ができない。っていうか、できない気がした。わたしは逃げやすい流行遅れのドレスを着てた。普通のスカートがついたドレス。腰にはサッシュもついてる。ネミアンがそれを引きぬいて、わたしの鼻と口をおおってくれた。ネミアン自身も同じようなことをしてた。

でも、目は――細かい砂でちくちくしてかなわなかった。おまけにいまいましい粗土まで飛んできた。

わたしたちは岩のあいだをはいまわって、砂をよけられるところを探そうとしたけど、風で滝や池から水しぶきも飛んでくるので、ネミアンが毒水のかかるところに行くなと叫んだ。気がついたら、わたしたちは岩場の外にいて、この大混乱のなかではもう岩場がどこにあるのかさえわからなくなってた。

砂嵐の音はすさまじかった。血も涙もない、ほんとに恐ろしいものに聞こえた。まあ、そのとおりだったんだけど。

わたしは小さな袋をつかんでた。反射的に。

わたしたちはよろよろ歩きまわった。ネミアンがわたしのもう片方の手をつかんだ。これは堂々と報告できるけど、場合が場合だから、ドキドキなんてしなかった。

はぐれるんじゃないぞ、とネミアンはどなった。

わたしたちは下をむいて、必死に前に進んだ。砂嵐がわたしたちを引っぱたき、たたきのめした。ネミアンがわめいてる言葉からすると、もう少し先にべつの岩場があるみたい。砂嵐が起こりかけたとき、ちらっと見えたんだって。そこまで行けば、また身を隠せるかもしれない。

でも、無駄足だった。ついにわたしたちはしゃがみこんで、両腕で頭を抱えこんだ。っていうか、ネミアンのほうは片腕で。もう片方の腕はわたしの肩を抱いてたから。

こんなときでなければ、至福の瞬間だったと思う。だけど、わたしはおびえてた。嵐がどれほどのことをやってのけるかわかってたわけじゃないんだけどね。あとでネミアンから嵐で命を落とすこともあるって聞いた。たぶんそのとおりなんだろう。でもあのときは、ただ嵐の激しさが恐ろしかった。

やがて、なんの前触れもなく風たちが——六つくらい吹いてる気がした——ぴたっとやんだ。風はからっと乾いた温かい洗濯物みたいにまわりに落ち、砂や細かい石が地面でざらっと音を立てた。

顔を上げたら、わたしにとってはなんとも不思議な光景が目に入った。

〈ハウス〉で盗み見た本には、〈荒地〉がまだすべてを飲みこんでなかったころ、世界に存在した古い都市の絵がのってた。いま、わたしが目にしてるのも、まさにそんな都市だった。ううん、その名残っていうべきかな。

土地がゆっくり沈下したんだろう。盆地のようになってた。そのなかに高い塔がいくつか建ってる。塔には窓、っていうより、窓だったスペースがあり、ドームと台座つきの凝ったデザインの屋根があった。柱もあった。一マイルも先までのびてそうな柱の列。壁はだいたい残ってて、彫刻——のあとが残ってた。大きな花瓶があって、いまも石の花が刺さってた。

目から涙があふれてきて、すべてが揺らめいた。

わたしはいった。「高いところからはぜんぜん見えなかったわ」

ネミアンがいらいらしたような声でいった。「そりゃあ、見えなかったろうさ。風は砂を吹き飛ばして、なかにうずもれていたものを掘りだしもするが、砂にうずめもするんだから」

嵐は終わったと思ってたけど、そうじゃなかった。ほんのしばらく、わたしを教化しようというように都市の廃墟を見せたと思ったら、また嵐がそっくりもどってきた。

今度はどのくらいつづいたのか、推測することしかできない。何時間もつづいた気がする。最後には地面に横たわってた。いいたくないけど、べそべそしてたと思う。ううん、べそべそってことはないわね。ぶつぶついってただけ。とにかくネミアンは身じろぎもしなかった。嵐がやんだら、完全にネミアンの息がつまってしまったんじゃないかって心配になった。

でもネミアンはむくっと体を起こし、ぶるっと身をふるわせると、両手で髪をすいて白や黄色の砂埃を払った。

ばかばかしい考えが頭に浮かんだ。でも、まさかね。ネミアンがまた寝てたなんてこと、ある?

あえて聞かなかったけど。

わたしは立ちあがって、スカートや髪についた砂を払い落とそうとしたけど、あきらめた（どうせわたしもネミアンみたいになってると思ったから。小麦粉の海につかったみたいなありさまに）。

まわりを見渡したときには、都市の廃墟はまた姿を消してた。平地のくぼみは小山と化した。

一時間くらいしてからふたりでそこに上ったとき、わたしは埋もれた花瓶からまだ突きでてた石の花につまずいた。

ネミアンはわたしの手をとったことには触れなかったし、わたしを守る気があるようにも見えなかった。〈荒地〉をにらみつけたあと、ネミアンの顔はまたやわらぎ、美しくなった（髪のつやは失ってしまったけど）。

ネミアンはいった。「水を持ってきたのはお手柄だね」（水を入れる瓶は袋のなかに入ってた）それからつけくわえた。「クライディは頼りになるよ」

わたしが袋を引っつかんできたのは、このノートが入ってたからなんだけどな。どっちみち瓶はからっぽだったし。

聞かなきゃいけない質問はたくさんあった。あなただったら、きっと訊ねたと思う。たとえば、こんなふうに。わたしたち、いったいどこに行こうとしてるの？　とか、そこに着いたら、わたしはどうなるの？　とか。それに、あなたならこう主張したかもね。クライディは半分王族の血を引いてるかもしれないけど、はじめは下働きと床磨きをする下女として、そのあとはジェイド・リーフの女中として生きてきたんだってことをネミアンも知ってるはずだ、って。

わたしはなにも聞かなかったし、なにもいわなかった。いいわけするわけじゃないけど、すごく疲れてたってこともある。いま感じてる疲れに比べたら、〈ハウス〉でのくたびれた日々なんて、どうってことなかった気がする。

ほかの人なら、気楽にわくわくできたかもしれない。だけど、わたしはうんざりしてた。おもに〈荒地〉に対して。それからネミアンにも。そして自分自身にも。

日が高くなり、暑さがますます耐えられなくなってきた。水が飲みたくてたまらなかった。喉の渇きがどれほどつらいものか、実際に体験しないとわからない。空腹よりもこたえるのよね。埋もれた都市をあとにすると、ひどくでこぼこした土地に来たけど、それまでと変わるところはなかった。地面を踏むたび、足に衝撃が走った。

はるか遠くの白っぽく乾いた丘は、まだまだ近くなる気配がない。どっちみち近づきたくなるような場所には見えないけど。

岩のそばにたどりついた。ひとつきりの岩だけど、日陰を提供してくれる。だから、わたしたちは岩の陰に腰を下ろした。

ネミアンは長い脚を投げだした。前はカンペキな身なりをしてたけど、いまはちがう。

「きみって、タフだなあ」ネミアンがいった。「水も飲まずにさ」

「もうないんだもの」

ネミアンも知ってるものだと思ってた。

「え？」ネミアンは顔をしかめた。「持ってこなかったの？」

「持ってきたけど、あなた――じゃなくて、ふたりで飲んじゃったでしょ」

「ああ、うん。でも、もっとあると思ってたよ。長い旅になるってことは、きみもわかってるもんだと思ってたからさ。プリンセス・ジザニアから聞いてない？」

そんなこといってたかな。いってないと思う。そのくらいは常識で、それがわからないわたしがばかだったのかな。でもやっぱり、わたしにはあれ以上は運べなかった。ネミアンなら運べたんだろうけど。

ネミアンはポケットからエナメルの箱をとりだした。また砂糖スティックを勧められた。スティックをかじるのは大変だった。口のなかはからからだし、喉は砂埃で焼けつくようだったから。

でも、助かった。喉の渇きもどうにもつらいってほどじゃなくなって、不快だという程度。

「あのさ、あのへんに町があるんだ」ネミアンが丘陵地帯のほうをあいまいに示した。「気球から見えたんだ。たぶんあそこで乗り物を手に入れられるよ。よっぽど不親切な町でなければね。なかにはそういう町もあるんだよ」

〈荒地〉では人でもなんでもみんな不親切なんだと思ってた。でも、〈荒地〉から来たネミアンがそういうんなら、そのとおりなんだろう。

ネミアンが目を閉じた。わたしはかすかにパニックを覚えて、つい口をすべらせた。「だめよ——」

「だめ？　なにが？」

わたしはこういいたかった。だめよ、寝ないで。話をしてちょうだい、お願いだから。でも、そんなお願いをする権利がわたしにある？

わたしが口をつぐんでると、ネミアンは肩をすくめて——寝てしまった。

わたしはむっつり座ってた。

大胆にならなきゃ、とわたしは思った。ネミアンが眠るのは賢明なことで、わたしも見習うべきだと思おうとした。でも疲れてることに加えて、甘くてスパイシーなスティックのせいで目がさえちゃったみたい。

だから座ったまま、平地のほうを無遠慮に見つめた。

そこではいまも砂塵が小さく渦巻いてた。空には大きく穴の開いた雲。黒い大きな鳥が動きもせず宙に漂ってる。見えないロープでつるされてるみたい。

ネミアンがわたしの手を握って肩を抱いてくれたのは、単にふたりがばらばらにならないようにするためだったんだ。きっと責任を感じてたのね。やさしい王子さまが家来を気づかうみたいに。それなのに、わたしはネミアンをがっかりさせてしまった。水を十分に持ってこなかった。

〈ハウス〉の住人にこんな態度をとられたら、腹を立ててたと思う。でも相手がネミアンだと、自分に非があるように感じちゃう。これって、かなりまずい徴候？

大きな金色の雲がまた平原に流れてきた。どんどん大きくなってく。

じっと見つめてるうちに、それがなんだか気がついて、考える間もなく大声をあげて立ちあがった。

ネミアンが目を覚ました。

「きみって、女の子というより、やたら跳びはねる鹿かなにかじゃないのか」

「嵐よ——また始まったんだわ！」

ネミアンはあの冷ややかな目でそっちを見た。

「いや、嵐じゃないよ。人だ。それと乗り物」

ネミアンはぱっと立ちあがったかと思うと、そのまま駆けだした。わたしから離れて、平野を横

受付番号

95

'05.08.10

15:27:00

番号順にお取扱い致しておりますので、恐れ入りますがお呼びする迄お待ち下さい。

テコプラザ　日吉駅

切り、砂埃のほうに走ってく。

置いてきぼり？　それとも、あとを追ってこいってこと？　追ったほうがいいよね？

わたしはもたもた息を切らしながら走っていった。

砂埃（人と乗り物）は地平線の近くを右から左へ流れ、少しだけこっちにものびてくる。地面が平らだから、はじめは見えなかったんだけど、嵐のおかげで一時的にあらわれた道かなにかの上を砂埃は移動してる。

あそこまでどのくらいあるのかな。数マイル？　そんなにはないかな。最後のほうは何度も立ちどまって息を整えなきゃいけなかったけど、そのころには砂埃を立ててる人たちの一部がスピードを落として、止まってくれた。

わたしがよろよろしながらやっと追いついたら、乗り物が二台停まってた。車には茶色い肌をした男が七人乗ってて、ネミアンと話をしてた。ほかの人たちはそのまま行ってしまった。

気が変になりそうな騒がしさだった。二台のチャリオットを（この乗り物は、〈ガーデン〉でプリンスたちがときどき乗りまわしてたから、わたしも知ってる）引いてたのは、それぞれまがった角を持つ巨大な羊六頭ずつ。そのうちの何頭かが低い声でメーメー鳴いてた。よく見れば、チャリオットに乗ってる人たちもメーメーいってるし、ネミアンまでメーメー答えてる。

一分ばかり、わたしの頭がヘンになったのかと思った。でなければ、この人たちがみんなどうかしちゃったんだ。

そしたら、ネミアンがわたしのほうを見た。わたしの髪からは汗がぽたぽた。口は例によってあんぐり開いてた。

ネミアンはにこっとして、片方の眉を上げた。

「やあ、クライディ。急ぐことなかったのに。この人たちはヒツジ族。ぼくはヒツジ族の言葉がわかるんだ」

茶色い肌の男たちは、チャリオットを引いてる羊たちの毛と同じように、髪を三つ編みにして、ビーズや真鍮の飾りを編みこんでた。そのうちのひとりが大声でいった。「メエェー？」

ネミアンがそっちをむいて、メーメー言葉で返事をした。

しばらくして、二台目のチャリオットからひとり降りてきて、一台目のチャリオットに飛び乗った。二台目のチャリオットからいくつか手がのびてきて、ネミアンとわたしを引っぱりあげた。

なにもかもが脂っぽく、羊毛っぽいにおいがした。でも――わあ、うれしい――革の瓶をさしだしてる。ネミアンは礼儀正しくわたしに先に飲ませてくれた。飲んでみたら、水じゃなくて、生温かい羊のミルク。あんまりうれしくない。でも、喉の渇きは癒された。

「これからヒツジ族の町に行くんだ」ネミアンが教えてくれた。

もこもこした羊の背中のずっと上で鞭が鳴り、チャリオットが動きだした。

嵐

チャリオット・タウン

ものすごい歓迎ぶりだった。

わたしたちは分厚い壁にくりぬかれた四角い門をくぐった。ぎりぎりチャリオットで通りぬけられる高さの門。それをくぐったら、ヒツジ族の茶色い町だった。だれもが夕闇のなか、ランプを持って外に出てた。赤ちゃんを抱いて、笑ってる女たち。大声をあげたり、ぴょんぴょん跳びはねたりしてる子供たち。木の杖に寄りかかる老いた男たち。そして、グラニー（と呼ばれてるおばあちゃん）たち。そのほとんどがドラムをたたいたり、口笛を吹いたりしてた。花を投げる人もいた。やけにかたい花びらをつけた白いポピーのような花だった。

すぐにはわからなかったんだけど、どうやらチャリオットに乗ってた人たちはどこかで商売をしてきたみたい。相手はよそに居住してるヒツジ族かな。なんにしても、商売はうまくいったようす。まずなにより嵐のあとに道路がまたあらわれてくれたおかげで、早く旅を終えることができたしね。とはいえ、町に着いたのは日没後だったんだけど。

空が燃え、丘がいきなり間近に迫ってきたようだった。羊に引かれたチャリオットが道のカーブをさっとまがると、町が見えた。手前の低い丘ふたつがつくる曲線にかこまれてる。まるでライオンの前脚に抱えこまれてるみたい。

この町は、羊じゃなくて、チャリオットにあやかってチャリオット・タウンと呼ばれてる。ほかのものはなんでも羊にちなんだ名前がつけられてるのに。

ネミアンの話では、町の城壁はもっと古い、いまは絶えてしまった種族がつくったものかもしれないってことだった。ヒツジ族は城壁を修繕して、その内側に町を築いた。

家は木材と動物の皮でつくられてた（いっとくけど、羊じゃない。ヒツジ族は絶対に羊を殺さない）。どの家にも、かこいのない風変わりで小さな庭があって、きれいに刈りこんだ淡い黄土色の芝地が広がってた。

町のまんなかには大きな庭園があった。ところどころ緑の木々が生えた庭。地面から水がわきでて、ひと連なりの池をつくってる。水はきれいだ（もちろん、そのなかで羊たちがしてることを度外視すればだけど）。

仕事がないときの羊は、ただ町をうろついてる。町の人たちは羊をなでたり、道をよけてやったりする。羊が洗濯物を食べてしまっても、怒る人はいない。羊はだれの家でも自由に出入りし、ときには小さな落とし物を残してくけど、それは火のたきつけに使われる（だから、役に立つ）。

人々はていねいに羊の毛づくろいをし、羊毛にリボンやビーズを編みこんでやる。ときには角にも彩色する。

羊は蹄鉄をつけられる。そうでなければ、羊毛やミルクやチーズの原料となる（慣れてしまえば、けっこういける。とわたしは思う）。

チャリオット・タウンの人たちは羊と話すことができる（?）し、どうやら羊のほうも町の人たちと話せる（?）みたい（どっちもメーメーいってるだけだから）。どっちも意思の疎通に苦労してるようすはない。

わたしたちが滞在してるゲストハウスには、羊につける真鍮の飾りがつるしてあった。夜は古い羊の頭蓋骨にロウソクをともした。長生きして安らかに死んでいった有名な羊の頭蓋骨。どの家にもそういう頭蓋骨があった。先祖伝来の遺産として。

羊たちは庭の芝生を食べる。だから、あんなにきれいなのね。羊じゃなくて、芝生のほう。

この町のえらい人はシェパードって呼ばれてる。

あーあ、羊のことばかり書いてる。

羊ばかり目につくんだもん。

いまのところ書きたいことはこれで全部。

この町に来てから五日になるんだけど。

今日、ネミアンが話しかけてきた。あんまり姿を見てないのよね、朝食か夕食のとき以外（メニューは山盛りのチーズ、ミルクスープ、サラダ、砂入りのパン。それからビール。これを飲んだら、しゃっくりが出ちゃって、わたしの印象をますます悪くしてくれた）。食事中、ネミアンはメーメー語で町の人たちとおしゃべりしてる。

今日、話しかけてきたときは、「びっくりするほど我慢強いね」だって。いうにことかいて。

ネミアンは一日じゅうヒツジ族の人たちと出歩いてる。ここにはほかの旅行者たちも行き来してるから、すぐにどこかよそへ乗せてってくれる人が見つかるだろう、って話してた。たぶん気球とパイロットのいる町へ。そして故郷へ（ネミアンの故郷がどこにあるのか知らないけど）。ヒツジ族はネミアンを気に入ってる。そりゃ、そうよね。

さみしい。

気持ち悪いことといってるわよね。まるで自分に酔ってる〈ハウス〉の某プリンセスみたい。ああ、わたくし、すごぉくさみしい――

でも、そうなんだもん。

そのへんを歩きまわって、羊の乳しぼりやチーズづくりや毛づくろいをしてる女の人や子供たちに話しかけようとしても、おたがい言葉がわからないし。ただゆっくり通りすぎて、陽気に短くメーというしかない。これが礼儀にかなった、感じのいいあいさつと考えられてるみたいだから。

ネミアンはまた目をみはるような姿にもどった。ここでは髪も洗えるし、入浴もできる。水はかなり冷たいけどね（お湯のバケツ一個に対して、水のバケツ三個の割合）。ネミアンの姿にヒツジ族の人たちはくらくらしてる。

ネミアンがいうには、羊というのは獰猛で、ライオンと戦うこともできるんだって（ひづめで蹴飛ばすのかな）。

そうなの。わたしたちがかわしたのも羊の話。

ユーウツ。


ここに来て八日がたったけど、やっぱりユーウツ。

気がめいる。

自分がいやになる。どうして気がめいったりするの？　〈荒地〉にいるっていうのに。ネミアンといっしょに。いちおうは。

気がめいる。

ちょっと、カミサマ！——ニュアンスはなんとなくわかる——でも、みだりにカミサマの名前を口にしていいのかしら？

デイジーとデングウィによくいわれたっけ。お高く止まってる、って。絶対に汚い言葉を使わなかったから。

でも悪態をつくのは〈ハウス〉の王族の得意技だったし、わたしは王族がきらいだったから、あの人たちのすることなんか、しないですむんならしたくなかった。

（正直にいっちゃうと、悪態をつくのがネミアンなら、そんなにいやでもない）

カミサマっていうのは、超自然的な至高の存在みたいなもので、人じゃない。ほんとはよくわかんないけど。でもネミアンがこの言葉をよく使ってるから、覚えちゃった。羊の話をする習慣を覚えたように。

それはともかく。ネミアンは夕方、話をしにわたしを連れだした。感激しちゃった。わたしたちはちゃんと会話をした。何時間も。


始まりは夕食だった。石を積みあげてつくった、足をとられそうな外のテラスに、ざらざらした木のテーブルがいくつか置いてある。風はさわやかで、空がゆっくり暗くなってきた。

みんながメーメー言葉をかわしてた。わたしはあきらめてそこに座り、だれかが「クラアアディメー！」とあいさつするたび、ただにこやかに短く「メー」と答えて、頭を下げた。

食事が本格的にビールを飲む段階に進むと、ネミアンが立ちあがって、わたしにいった。「散歩に行かないか、クライディ。気持ちのいい夜だし」

ヒツジ族の人たちがひとり、ふたりにやにやして、視線をそらした。わたしは顔が赤くなるのを感じた。そんな自分に腹が立って、ぶっきらぼうに答えた。「それがちょっと疲れてるの。このままゲストハウスにもどるわ――」なんでそんなこといっちゃうかなあ。

「そういわないで、行こうよ」ネミアンがやさしくいった。「池に行ってみようか。あそこなら涼しいよ。ぼくたち、ちゃんと話さないと」

「わかったわ」わたしは愛嬌たっぷりに吐き捨てて、立ちあがった。テラスを悠然と歩きだし、道を行った先にある大きな庭園にむかった。たまにはネミアンに追ってきてもらおうと思って。

もちろんネミアンはそんなことしなかった。だから、わたしは靴に石が入ったふりをしなきゃいけなかった。わたしの靴はぼろぼろだったから、ほんとに石が入ってもおかしくないしね。

ネミアンはぶらぶら歩いてきて、心配そうに訊ねた。「石かい？」

「だいじょうぶ、いま振るい落としたわ」

「ほら」ネミアンがいった。「月だ」

わたしたちは空を見た。たしかに月が出てた。嵐以来、月がまともに見えたことはなかった。いまは白くきれいに見える。陶器の時計の文字盤を半分にしたみたいな半月。ただし、針も数字もない。

「ごめん、クライディ」ネミアンがいった。「怒ってるかい？ ぼくは身勝手だったよね」

ここで思い出さなきゃいけなかったのは、ネミアンはプリンスだけど、わたしのこともプリンセス、少なくとも貴族だと思ってるってこと。

「だれだって、身勝手よ」わたしはいった。「そうならざるをえないのよね。じゃなきゃ、あなたなんかやってけないでしょ」

「おお、カミサマ！ 手厳しいな」ネミアンはいった。「だが、きみのいうとおりかもしれない。

だったら、ぼくのことを許してもらえるのかな。はじめからそこまでぼくの評価が低かったんなら」

わたしはネミアンの顔を盗み見た。とってもステキ。

「ええ、そうね」わたしはなるべくいかめしくいった。

わたしたちは庭園に歩いていった。

庭園には木々にかこまれた池がいくつもあった。そばを通ると、それぞれの水面に月が輝いてた。ネミアンがつるつるした石を見つけた。そこには白いポピーが生えてて、月の映った暗い水面にぼんやりと麝香のようなにおいを放ってた。

「あのさ」ネミアンがいった。「気球が撃ち落とされるなんて予想してなかったんだよね。それまでに通りすぎた町はたいてい未開の土地で、そんな手段もなかったし。文明の発達してるところなら、どこでも気球そのものも持ってるもんだと思ってた。たぶん旅行者にも慣れてるだろうってね。ところがあの一斉掃射だろう？　殺されるかと思ったよ」ネミアンはしょんぼり庭園を見つめた。「ふるえあがったよ。おまけに——〈ハウス〉で受けた待遇のひどさときたら」

「でも……」わたしは口ごもった。「動揺してるようには見えなかったわ」

「いやだな、クライディ。あんなの演技だよ。とにかく高潔で勇ましい態度をよそおった。ほんとうは途方にくれてたんだ」

「だから、みんなの前で床に寝ころんで、眠ったってわけね」

ネミアンは顔をしかめて、じろっとこっちを見た。

「じつをいうと、気を失ったんだ。木に頭をぶつけてたし。ただ引っくり返るんじゃなくて、ああやって高潔に勇ましく、なにも気にしていないみたいに横になったんだよ。演技さ。さっきもいったけど」

びっくりしちゃった。ヘンな気分。うまく説明できないけど。説明したいのか、それもよくわからない。ネミアンのこと、すごいとも思った。それに――申しわけない気分になった。この旅のあいだ、ネミアンがぱたんと寝ちゃったことが何度かあったけど、そのときも体調が悪かったのかも。でも、わたしを信用できなかったのね。それか、プライドが高くて弱みを見せられなかったのかも。

「とにかく」ネミアンはいった。「きみは命の恩人だ」（これは前にいってもらいたかった言葉）「この恩は忘れないよ、クライディ。ぼくの町にもどれば、これでも重要な地位にあるんだ。そこに着いたら、きみもすばらしい経験ができるよ。〈ハウス〉にいたころ以上にぜいたくな暮らしができる。みんなから敬われ、あがめられるようになる」

なにもかも奇妙に聞こえて、真に受けることができなかった。わたしが？　どっちにしても、そんなことはどうでもよかった。ただネミアンにおしゃべりをつづけてほしかった。

それでネミアンは自分の町についていろいろ話してくれた。感動しちゃった。どうやらその町は、わたしたちがちらっと見た廃墟よりもずっと華やからしい。幅が一マイル以上もある大きな川が流れてて、場所によっては、むこう岸が見えないんだって。水はガラスのように混じりけがない。建物は高くそびえてる。あまりに高いので、内部に機械じかけのケージがある。エレベーターとかいうもので、人々を一階から最上階まで運んでくれるんだって。

ネミアンの話では、町に到着したら、ネミアンの帰還を祝い、わたしを歓迎するために花火が打ちあげられるってことだった。花火については聞いたことがあるけど、見たことはない。ネミアンがいうには、虹色をしてて、金銀の星が飛ぶらしい。

町を支配するのは、四つの大きな塔。そのなかでもいちばん力があるのは、ウルフ・タワーだ。ネミアンはこの塔で生まれた。

そういえば、〈ハウス〉の会議室でもいってたっけ。探し物をしてるとかなんとか。わたしはそれがなんなのか聞いてみた。ネミアンは笑った。「ああ、おおげさにいっただけだよ。ただ旅をしてただけさ」

わたしは、ネミアンがジザニア・タイガーに渡したような赤い花が咲いてる場所も訊ねた。「ぼくの町だよ」ネミアンは答えた。「〈とこしえ〉っていうんだ。つみとったあと、何か月も生きつづける。水がなくてもね。わかるかい、クライディ。この〈荒地〉だって、砂漠ばかりじゃない。きみの国の〈ガーデン〉みたいなところもあるんだよ。いや、あそこよりずっといい。あの〈ハウス〉に閉じこめられてて、つまらない場所だと思わなかったかい？　ほとほと退屈してたんじゃないか？」

「規則や無意味な〈しきたり〉だらけだったわ」わたしはつぶやいた。

「だろうね。本来、規則は退屈なものじゃないよな」ネミアンはミョーなことをいった。

それから身をかがめてきて、軽く唇にキスをした。

わたしはびっくりしちゃって、そのときはほとんどなにも感じなかった。だから何度も思い返して、よみがえらせようとしてる。あのキスを。あれがものすごく大切な瞬間だったことを実感するために。

ヘンな話だけど、子供のころ、やけどをしたときのことを思い出した。あのときもしばらく感覚を失った。

いまも感覚がもどってくるのを待ってる。もどったときには、その感覚は圧倒的で、やけどの痛みみたいに全身を駆けめぐるはず。ただし、それは痛みじゃないけど。

ネミアンはキスをしたあと、なにごともなかったみたいに話しつづけた。

彼はいろんなことを知ってる。だけど、わたしはなんにも知らない。

わたしの頭のなかは、熱気球を使ってる〈荒地〉のいろんな町の描写でパンクしそうだった。

二度ほど人が通りかかったけど、わたしはあまり注意を払ってなかった。でも、そのうちに羊たちが迷いこんできた。そのあとから何組かカップルが来て、遠慮がちに声をかけてきた。「メエェー・メー」これはどうやら「お邪魔ですか」のような意味らしい。相手がきまり悪そうにしてたし、ここはヒツジ族の庭なので、わたしたちは立ちあがってゲストハウスにもどった。

はしごを上って（ここにはエレベーターはない）、ウールの毛布が積まれた、羊のにおいがする狭いベッドに入ったときには、体が冷えきってた。

ぜんぜん眠れなかったので、座ってこれを書いた。そろそろ夜が明けるんじゃないかな。窓が明るくなってきた――気がする。


またはしごを下りたあと、回廊のむこうをのぞいた。回廊にはプラアーって名前の有名な羊の頭蓋骨があって、ひと晩じゅう大きなロウソクを燃やしてた。

ゲストハウスに男たちがぞろぞろ入ってきた。ほとんどは青年だった。ずいぶん変わった服装をしてる。革のズボンにチュニック、ブーツ、金ボタンとふさ飾りのついたジャケット、体に巻きつくようなマント。武器もたくさん持ってた。ナイフや弓、ライフルも二挺あった。

ヒツジ族の人たちがメーメーいいながら、おじぎをした。

ロウソクの光が跳ね、日に焼けた野性味あふれる顔を照らしてた。

ネミアンは気づいてるのかな。この人たちが助けになってくれるかしら。

でも、ほんとのところ、いま来た人たちは、〈ハウス〉でうわさに聞いてたような人たちに見えた。〈荒地〉をさすらう盗賊団。ハローといいつつ人を刺す犯罪者。

わたしはまたはしごを上って、ベッドにもぐりこんだ。

もちろん〈ハウス〉は〈荒地〉のことで嘘をついてた。〈荒地〉はわたしが聞かされてたような場所じゃなかった。少なくとも一部はちがった。いままでにわたしが目にしたものの一部は。


結局、眠っちゃったみたい。一階が騒々しくて目が覚めたから。

あれは盗賊だったのかな。なにをしてたんだろう。みんなを殺して、ゲストハウスに火を放とうとしてたとか?

わたしは飛びおきて、服を着たけど、ちょうどそのとき、ヒツジ族の女の人が入ってきた。メーといって、ミルクとパンを渡してくれた。

想像がつくと思うけど、わたしはなにが起きてるのか聞きたかった。でも、メーメー語が話せないから、心配そうに床を指さして、眉をぴくぴくさせてみたんだけど、部屋にネズミがいると訴えてるんだと思われたみたい。ヒツジ族の女の人は急いでウールのじゅうたんの下をたしかめて、なにもいないとわかると、安心させるようにメーメーいって、にこにこしながら部屋を出ていった。

笑顔で朝食を持ってきてくれたところをみると、そんなに恐ろしいことは起こってないんだろう。

わたしは食事をした。それから昨夜の洗い水の残りで髪を洗った。ほんとをいうと、なにかしてたかったのよね。その日はすでに暑かったから、髪はすぐに乾いた。だれかがノックした。

シェパードのひとりだった。わたしの手に小さな木切れを握らせたので、わたしはメーとお礼をいって、マヌケ面で突っ立ってた。そしたら、シェパードが木切れを指さした。よく見ると、表面になにか彫ってある。ヒツジ族は紙を持ってない。ヒツジ族の文字は、羊をビーズやなにかで飾りたてるときに作る模様がヒツジ族の文字がわりになってるみたい。

とにかく木切れにはこう書いてあった。「この人といっしょに来てくれ。持ってきたいものがあれば、なんでも持ってきてほしい。すぐに出発する」

わたしは息を飲んだ。「これ、ネミアンから?」

「ンメェー・メエェー」とかなんとか、男は答えた。でも、うなずいてる。

袋につめるものはたいしてなかった。もちろん、まずはこのノートとインクペンシル。それから水を入れる瓶。中身を入れる機会はなかったけど。その他もろもろ。

こわかった。いままた直面することになっちゃったけど、〈荒地〉はやっぱりこわい。〈荒地〉には町や部族や部落がいくらでも存在する。「文明的な」都市もあるけど、そのあいだには砂漠や毒に汚れた地域が横たわってる。

不安になってる暇はなかった。わたしははしごを下りて、ヒツジ族の男についていった。いつも朝食を食べてる屋内のメインルームでは、騒々しさが最高潮に達してた。男たちが大声をあげて笑ってる。歌をうたってる人もいた。お皿が割れたり、割れないまでも、かなり乱暴に扱われたり。ドアのない入口から、金色のふさ飾りがついたなめし皮のマントがちらっと見えた。

わたしたちは回廊を歩いていって通用口を抜け、木の外階段を下りた。

ゲストハウスの横にある土の地面の庭には、角に彩色した羊を四頭つないだチャリオットが停まってた。

ネミアンが御者といっしょにチャリオットのなかに立ってた。片腕をプリンスらしくきびきび動かして、急いで乗りこむようにわたしに合図した。

「ネミアン、瓶にまだ――」

「しゃべらないでくれ、クライディ」

おやさしいこと。

なるほどね。どうやらおしゃべりしてる場合じゃないみたい。昨夜みたいに紳士らしくないってことは、いま危険な状況にあるってことかも。

わたしたちはゆっくり庭を出発した。ほとんど音も立てない。どっちにしても、あの騒がしい盗賊たちに聞こえたとは思わないけど。

こっちには盗賊たちの立ててる音がよく聞こえた。

バシッという音がしたかと思うと、今度はバタンという音がする。楽しそうな笑い声がわきおこり、だれかが叫ぶ。ネミアンやわたしが話してるのと同じ言語みたい。「ちゃんと殺してやれよ、ブラーン。生きたまま食うなって」

うわっ……カミサマ、とわたしは思った。

庭の外で鞭が鳴り、ありがたいことに羊がひづめを響かせ、地を蹴った。わたしたちは猛スピードで本道を駆けていき、まもなく白々とした丘のふもとにあるチャリオット・タウンの門を出た。

やっかいごとは必ず追ってくる

パットゥはよく大まじめにこういった。「やっかいごとっていうのは、逃げようとすると、必ずあとを追ってくるものよ」

ほんとにそのとおりだなって思う。だからといって、逃げようとするのをやめたりはしないけどね。

今朝はまさにパットゥの言葉どおりになった。

最初の丘をがたがた上ったあと、傾斜がとてもきつくなって、スピードが落ちてしまった。でも高いところから振り返って、町の一部と門を見下ろしたときには、そこでなにか起こってるようすはなかった。

ネミアンはチャリオットの御者と少し話したあとで、わたしにいった。「どうして出発したか気づいてる？」

「あとから来たのが危険な人たちだったからでしょ」

「ヒツジ族の話からすると、そんななまやさしい連中じゃないみたいだよ。狂ってるのさ、あの放浪民どもは。ひどい暮らしをしてるんだ」ネミアンがにこっと笑う。「実際、そそられはするけどね。自分の腕と勇気を糧に生きるってことにはさ。ひとつづきの冒険みたいなもんだ。しかし、とんでもなく不潔な生活でもある。安らぎもない。礼儀正しくふるまう余裕もない」

あなたもね、とわたしは思った。つまり、こういうことよ。危険がつづいたせいで、無作法なふるまいもつづいたってわけ。なんてケチな考えだろう。

ただ……わたしをゴミくず同然に扱う人ならいくらでもいた。これからはそんなこともなくなるだろうと無邪気に思ってた。それに昨夜は――。

どうやら昨夜は昨夜ってことみたいね。

地面が平らなところでは羊も足を速めてくれたけど、また勾配がきつくなると、スピードが落ちて、チャリオットもよろよろした。

どうして瓶に水を入れる機会がなかったのか、わざわざ説明する気はない。髪を洗った水でも入れてくれればよかったかな。石けんの泡だらけで、髪も混ざってるけど。うーむ。

「すねないでくれよ、クライディ」ネミアンがいった。「そんなにあそこが気に入ってたのかい？きみの髪、今日はすごくつやつやしてるね」

「今度はどこに行くの？」わたしは威厳たっぷりに訊ねた。

「この人が丘の上の村まで送ってくれるそうだ。その先は自分たちでなんとかしないといけどね。荷車かなにか物々交換してもらえるかもしれない」

物々交換のことは知ってる。ものとものを交換すること。〈ハウス〉ではだれもそんなことしないけど。ものを買うってこともしない。買うって行為についても聞いたことはある。ネミアンが話してた（昨夜）。広い川沿いにあるネミアンの町では、お金を使ってるんだって。

ヒツジ族はなんの見返りも求めなかったみたい。ただひたすら親切な人たちなのね。そのことがあの盗賊団からもヒツジ族を守ってくれるといいんだけど。

まわりに丘が開けてきた。思ってたほど醜くない。でも植物はほとんど育ってなかった。ときどき白っぽい綿毛の生えた茂みがあるばかり。色の淡い、短い草みたいな植物だ。近くで見ると、やわらかそうで、枕みたいだった。

一時間ほどしてわたしたちはチャリオットを停め、羊たちは草をむしゃむしゃ食べた。ネミアンとヒツジ族の御者はいっしょにビールを飲んだけど、わたしはそんな気になれなかった。

来た道を見下ろしてたら、山々の背後から時計がときを刻むような音が響いてきた。わたしだけじゃなく、みんながその音に気づいてた。

いきなり左手の斜面に、思いがけず五人の男があらわれた。ここから四分の一マイルも離れてない。

わたしはこの場にそぐわない、愚かな質問をした。

「なんなの、あれは」

「馬だよ」ネミアンがいった。「馬に乗ってるのは、町から来た狂ったナイフ男どもだ」

だれも羊とチャリオットを出発させようとはしなかった。どっちにしても逃げきれそうにない。盗賊たちがこっちに気づいてしまったから。白い歯をきらっと光らせて笑ってる。バックルや腕輪やボタンやナイフもきらきらしてる。盗賊たちが馬の脇腹に軽く鞭を当てると、この見慣れない動物は風か炎のように駆けてきた。

（馬を見るのははじめてだった。〈ハウス〉でチャリオットを引いてたのは――ご想像のとおり――奴隷だった）

馬って、すごくきれいな動物だと思わない？　あなたも馬を知ってたら、そう思うはず。頭部が長くて、毛がたなびいて（盗賊たちの長い髪も同じようにたなびいてた）。

あっというまに、わたしにはほんの十秒ほどに感じられたんだけど、盗賊たちはわたしたちに追いついた。赤と黄褐色の服を着て、金属と歯を輝かせてる。

「あいさつなしに」ひとりがいった。「行かせるわけにはいかないな」

男たちが笑った。この人たちの言葉には強烈ななまりがあって、そのために凄みが増した。

男たちは礼儀正しかったけど、落ち着かない気分になった。その礼儀正しさが見せかけだったからじゃない。礼儀正しくふるまう余裕もない連中だってネミアンから聞かされてたから。

ネミアンはいまはなにもいわない。

ヒツジ族の御者も口がきけないみたい。

馬はどんな床にも負けないくらいつやつやしてた。

盗賊のひとりがひらりと馬から降りて、長い脚で近づいてきた。

「この地方の出身じゃないな」

ネミアンが答えた。「ああ」

「南の人間か？　ペシャムバか？」

「ああ、ペシャムバに行くところだ」

この盗賊はわたしたちのチャリオットに身を寄せてきた。なんだかなれなれしい態度。シャツの内側から小さなガラスのようなものを引っぱりだした。お守りかなにかかな。男は無言でそれを見つめた。まわりに人がいることなんか忘れてるみたい。どうしちゃったんだろう。べつの盗賊が馬に乗ったまま、首をのばしてのぞきこんだ。そしたら、いきなり大きな声をあげた（わたしはぎょっとした）。この男は（恐ろしい）ナイフを抜くと、ひょいと宙に放り投げて、歯でそっとキャッチした。

チャリオットにもたれてる盗賊は気にしてなかった。お守りをぎゅっと握りしめ、シャツのなかにしまいこむ。それから、まっすぐわたしの目をのぞきこんだ。

その目は黒い。腰までのばした長い髪もそう。肌はミルクをたらした濃い紅茶のような色。彼が乗ってる馬の色とよく調和してる。もっと年上なのかと思ってた。こんなに――なんていったらいいのかな――恐ろしい人は見たことがなかった。

わたしはすくみあがった。

意外にも盗賊はすぐに目をそらして、今度はネミアンを見すえた。

「金はあるか」

「金？」ネミアンがいった。

「ペシャムバとか、あんたたちがむかってるような大きな町で使われてるやつだ」盗賊が親切に説明する。

「金がほしいんだな」ネミアンは推測するようにいった。たくさんあるポケットのひとつから平たい革の入れ物を出して、盗賊に渡した。

盗賊はそれを受けとって、開けてみた。

盗賊も、わたしも、なかに入ってた明るい青緑色の奇妙な紙をしげしげと見つめた。

それから黒い瞳がちらっとこっちを見た。わたしはぞっとして、うしろにいざった。

「まあ、いい」盗賊はいった。「こいつは使えない」（あまり上等なお金じゃないといいたげだった）「硬貨はないのか」

「申しわけない」ネミアンがいった。不安そうには見えなかった。いたって礼儀正しく、いやがりもせずに話してる。この狂った殺人鬼の盗賊団が庭で出会ったごく普通の人たちであるかのように。

ほかの盗賊のひとり（ナイフを持ってる男とはべつの男）が大声でいった。「そのトロンカーにコートを振るようにいってやれよ。そっちの小鳥ちゃんはなにを隠してるんだ？」

トロンカー？　小鳥ちゃん？

チャリオットにもたれてる盗賊がさりげなくその男を見た。

「それほど羽振りはよくなさそうだ」あわれむようにいう。いい具合にこの男を失望させたみたい。

「ばかいうなよ、アルグル」さっきの盗賊がいった。「よさそうな娘じゃないか、その小鳥ちゃんは」（あらま、「小鳥ちゃん」って、わたしのことだったんだ）

〈ハウス〉で耳にしたいろんな話が次々に頭に浮かんで駆けめぐった。最後は死で終わる恐ろしい話ばかり。

でも、わたしは馬の上でしゃべってる盗賊をにらみつけた。すごくこわくて、いまにも吐くか泣くかしそうだったけど、どっちもしないで、大声でいってやった。「わたしに手を触れたら、その鼻、かみ切ってやるから！」

そのとたん、息を飲んだみたいに全員が静まり返った。

そのあと、いっせいに笑いだした。

チャリオットにもたれてた男も、ほかの四人も、ネミアンも。そう、ネミアンまで！ヒツジ族の御者も笑顔。これでみんな友だちになったとでも思ったんだろう。だけど、わたしは恐ろしくなった。なんてことをいっちゃったんだろう。なんてことをしちゃったんだろう。

それでも、わたしは指をぐっとまげて構えてた。爪が鋭くとぎすまされてる気がした。こんな盗賊にかみつくなんて、ヘドが出そう――だけど、わたしは歯を鳴らしてやった。なにしろジェイド・リーフをぶって、〈ハウス〉を逃げてきた人間だもん。いまさらわたしを止めることはできない。

アルグルと呼ばれた盗賊はチャリオットからさっと離れた。「気をつけたほうがいいぞ」と仲間に忠告する。「口先だけじゃなさそうだ」それから革の財布をネミアンに返して、こういった。「その小鳥はあんたの手にあまるだろう。このおれだって、ふるえあがったくらいだ」

「ああ、同感だ」ほかの盗賊たちもいっしょになって軽口をたたいた。「手を焼かせてくれそうだもんな」

盗賊団のリーダーは身をひるがえし、馬に駆けよった。てっきり馬を殴り倒す気かと思ったけど、アルグルは馬の横で跳びあがった。そう、跳びあがった。動くことのない、小さな岩でも跳びこすみたいに。

次の瞬間、アルグルは馬にまたがってた。馬は驚くようすもなく、黒くやさしい目でわたしを見た。

「あばよ」盗賊たちは陽気にいった。「達者でな！」五人はあっというまに丘を駆けおりていった。

丘の村に着いたのは、夕方近くになってからだった。

ネミアンはまったく盗賊の話をしなかった。いいたいことは、もう話しちゃったんだと思う。朝、狂った連中だっていったときに。

なんとなく盗賊たちがまたあらわれるんじゃないかって気がしてしかたがなかった。気が変わって、わたしたちを身ぐるみはいで、こわがらせて、はずかしめて、殺すんじゃないかって。でも、そんなことはなかった。

わたしたちは羊の乳で作ったチーズとレタスを食べて、ビールを飲んだ。しゃっくりが出た。うんざりだった。デイジーにもよく気分屋だっていわれたけど、むしゃくしゃする。

空が深みのある金色に染まり、もうひとつ丘を越えると、村が見えた。わくわくするような眺めじゃなかった。そこらじゅうにかたむいた小屋がごちゃごちゃ建ってて、遠くの巨大なゴミの山からは悪臭が漂ってきた。犬がうろつき、うなってる。村人たちが何人か愛想のない顔を上げて、こっちをにらみつけた。

愛想のいいヒツジ族の町とはまるで正反対。不快な気分にさせるためにつくられた村なのかと思うほど。


ほんとにそうだったみたい。夜になって、この最後の部分を書いてる。納屋みたいなところで。くさいし、でっかいネズミだらけ。ネズミだって、村の人たちに比べれば、ずっとハンサムで感じがいいくらい。のんびりくつろいでるってだけでも。

わたしたちが村に着いた瞬間から、村人たちは感じが悪かった。羊のチャリオットに乗ったわたしたちをじろじろ見る者もいれば、さっと家に引っこむ者もいた。できるものなら、ドアをばたんと閉めてたんだろうけど、あいにくそんなことをすれば、はずれそうなドアだった。

すぐにいかにもがっついてそうな太った人がやってきて、御者にメーと話しかけた。ひどい発音だよ、とネミアンが耳打ちした。御者にもほとんど通じてないみたいだし、ぼくもさっぱり理解できないな。

それでもヒツジ族の御者はネミアンにいった。正しいメーメー語で、わたしたちは「ここに滞在」することになった、って。それに、明日かあさってに荷車とラバを――ラバって、なんだか知らないけど——用意してくれるんだって。

この村の人たちはトリ族って呼ばれてる。鳥が好きなのかな。

当然、お金を払わなきゃいけないのかと思ったんだけど、いや、とヒツジ族の御者はいってるみたい。なんだかばつの悪そうな顔をしてた。わたしたちをこんな村に降ろして、自分だけ（ずっと感じのいい自分の町に）帰るのが気まずいのかも。ネミアンはなにもいわなかった。わたしはなにもいえなかった。

わたしたちは車を降りた。御者は太っちょ大食らい男といっしょに小屋に入ってった（やがて、いくつか袋をかついで小屋から出てくると、チャリオットに乗りこみ、さよならのあいさつもしないで出発した）。ネミアンとわたしは感じの悪い女ふたりに納屋に押しこまれた。この納屋に。

ネミアンはいまにも吐きそうだった。顔は真っ青だし、白目をむいてるし、鼻なんかひんまがってた。

「ああ、クライディ。言葉もないよ。きみになんて思われるか」

「ネミアンのせいじゃないわよ」不本意だけど、そういうしかなかった。実際、ネミアンのせいとは思ってなかったし。とはいえ、ネミアンのせいだといいたい気持ちもあった。だって、ネミアンが「旅」をしてたせいで、ふたりともこんなことに巻きこまれたんだもん。っていうか、ほんとはネミアンに腹を立ててた。愛ってそういうもんよね。〈ハウス〉の歌にもあったけど。さっきまでうっとり見つめてた相手を、次の瞬間にはシメてやりたくなったりする。

それはともかく、ネミアンはじっとしてなかった。わたしをくさいわらの上に座らせておいて、自分はだれかとなにかをしに出ていった。それっきりもどってこなかった。

最初は気にしてなかった。でも、そのうちに心配になってきた。納屋のドアまで行ってみると、がつがつ太っちょ男と話してるのが見えた（ネミアンはここの言葉もしゃべれるにちがいない）。ふたりともなにかを飲みながら、楽しそうにしゃべってる。ネミアンらしい。

わたしは納屋の外の石の地面に座った。

すぐに犬がやってきて、わけもなく黄色い牙をむいた。わたしは愚かにもどなりつけてしまった。

「やめてよ、このばか」喉に飛びかかってくるかな、と思ったけど、犬はクーンと鳴いて、しっぽをたらして逃げてった。

ネミアンはＧＦＯと――この人がトリ族のリーダー？――どこかに歩いていった。どうやら村を案内してもらうみたい（この糞の山は祖母の時代にできたものでしてね。あそこの屋根の穴は、曽祖父のかわいがってた鳩が食べすぎて落っこちたときにぶちぬいたんですよ）。

夕方近くに女の人がやってきて、わたしの横に器を置いた。

「あの――ごめんなさい――これ、なんですか」わたしはおそるおそる聞いた。

「ジャーモンダー・ポップ」と女の人はいった。とにかく、わたしにはそう聞こえた。

ためしにジャーモンダー・ポップを食べてみた。うわっ、まずい。ってわけで、あわれ、クライディちゃんは夕食抜き。

納屋にはランプがないけど、しばらくしたら、小屋のほうは明かりがついた。月がとても明るいから、月明かりでこれを書いてる。

トリ族の村にすさまじい音が満ちた。食べてるのか、しゃべってるのか、なんだか知らないけど、カンベンしてほしい。

（一時間くらい前にまたネミアンを見た。ＧＦＯといっしょに歩いてきて、わたしにあいさつしていった。楽しそうだった。トリ族の人たちに魅了されてるみたい。そのなかの何人かといっしょになって陽気に騒いでる。酔ってるのかな。それとも如才ないだけ？　それとも、ネミアンって……じつはダメ男とか？　盗賊があらわれたときだって、ネミアンに守ってもらえるなんて一瞬たりとも思えなかったし。古い物語では、必ずヒーローがヒロインを守ってくれるんだけど——そもそも、わたしってヒロインなの？　ビミョーなとこよね）。

納屋のなかにもどった。もう寝たほうがいい。今日はさんざん。そりゃね、もちろん、こんな大冒険ができて喜ぶべきなんだろうけど、これだけはたしか。このにおいには、どんなに勇敢な人間だってゼッタイにひるむはず。

外はますます明るく、ますますうるさくなってく気がする。犯人は月？　月が騒いでるの？

案外そうかもね。

あのガラスのお守りを持ってた盗賊のことが頭を離れない。チャリオットにもたれかかってた、あの男のこと。

ほんと、むかつく。人をさんざん侮辱して（小鳥ちゃんだの、手を焼かせてくれるだの）。こっちは自分の身を守ろうと必死だっただけなのに。ほかに守ってくれる人がいないんだもん。そうするよりないじゃない。

屋根があんまり高いので、馬車に乗ってる気がしない。でも、がたがた揺れてるおかげで、馬車のなかだってことを忘れずにすんでる。

ここで文字を書くのは至難のわざ。馬車が停まるまで、ペンを置こうと思う。

屋根の色をメモしておかなきゃ。深みのある赤と、紫と、野生の緑。絵が描いてある。ほとんどは馬と犬の絵。それから、ときとともに色あせてしまった、金色の太陽。

この人たちはこれらの荷馬車をずっとむかしから使ってる。

がたん。

つづきはまたあと。

飛行

わたしはトリ族の納屋で眠ってた。目を覚ませば、わけがわからなくなるくらいの時間は眠ってたけど、疲れがとれるほどは眠ってなかった。大きな物音や人の声が聞こえてきて、だれかがわたしを揺すぶった（前にもいったと思うけど、人を起こす手段としてはサイテー）。

わたしはがばっと身を起こした。トリ族の人たちがわたしをとりかこんでた。その態度はいままでとは大ちがい。だって、にこにことわたしを見て、うなずいてるんだもん。ひとりはわたしの前でなにやら羽毛でおおわれたものをひらひらさせてた。まるで大きな翼みたい。

当然ながら、わたしはまじまじと見つめた。

そこへネミアンが人をかきわけて姿をあらわした。

「だいじょうぶだよ、クライディ。プレゼントだってさ」

「え？　なにが？」

「そのドレスだよ」

「これ、ドレスなの？」

「ウールに鳥の羽根を縫いつけてあるんだ。着たら、かなり暑いだろうね。気の毒だけど、きみにこのドレスを着てほしいらしいんだ。今夜、なにかお祭があるんだよ」

「ふうん」

「ぼくたちにも山間の神殿にいっしょに来てほしいそうだ」

「シンデンってなに？」

「心配しなくていいよ。女の人たちが服を着せてくれるから。そしたら、みんなといっしょに行こう。ここの人たちに助けてもらわなきゃいけないんだしさ。だから参加しないと。それが礼儀ってもんだろう?」

ますますもって、わけがわからない。

なんにしても、ネミアンと男の人たちは立ち去った。あとには大柄な女の人たち四、五人が残った。みんな、わたしに羽根のドレスを着せる気満々。子供のころ、よく力ずくで服を着せられたから、こういうときは逆らわないほうが無難だとわかってる。

ああ、カミサマ(正しく使えてるかな。使えてると思うんだけど――どうやら危ないときやいらいらしてるときに使う感嘆詞らしいから)、ちょっとカンベンしてよ、このドレス。これじゃ、巨大な白い鶏みたいじゃない。おまけに暑いし、ちくちくする。

女の人たちはドレスを着せてしまうと、わたしをドアのほうに連れていこうとしたけど、ひとりがわたしの袋をいじってるのを見て、わたしはそれを引ったくった。

この人たち、文字が読めるの? これも読めるのかな(そうは思えないけど。ろくに話すこともできないみたいだから)。

外には村じゅうの人たちがたいまつを持って集まってた。

村人たちは手をたたいて、うたいはじめた。たぶん歌だと思う。

はっきりいって、この人たちの陽気で楽しそうなようすは、なんだか気に入らなかった。さっきまでの愛想のない、よそよそしい態度のほうがまだマシ。いまはやたらに腕や髪や背中に触ってくるので、いやでたまらなかった。

わたしはネミアンを大声で呼んだけど、ネミアンは手を振っただけ。GFOといっしょに行列の先頭にいた。そう、行列。いつのまにか行列ができてる。

わたしたちはあっというまに村を出て、石畳の道を歩いて丘にむかった。

何匹か犬があとをついてきたけど、お祭気分の村人たちが石を投げて追い返した。なんてステキな人たち。これじゃあ、犬たちがこずるくてびくびくしてるはずよね。


この丘陵地帯は妙だった。もちろん、わたしにとっては〈荒地〉全体が妙だった。でも、どの場所もちがったふうに奇異だった。それぞれにちがった特徴を持ってる。

このあたりの丘は……かつてはなにか強烈で、おそらくずっしり重いものが存在したのに、いまは吹き飛ばされてしまった、そういう場所に見えた。月明かりとたいまつに照らされた丘には、異様な美しさがあった。草深いところはビロードにおおわれてるみたい。そうかと思うと、土がむきだしのところもあって、険しく荒涼として見える。草がうっすら透きとおるほどすりへったところもあった。そういう場所はその下に闇を見通すことができそうだった。

道はずっと上り坂だった。

トリ族の首長、ＧＦＯはしょっちゅう休憩をとらずにいられなかったので、わたしたちもみんな休憩をすることになった。トリ族はお粗末な飲み物をまわした。わたしはいらないとことわったけど、さいわいムリに勧められることはなかった。

そんな場合じゃないんだけど、〈ハウス〉の高い塔の階段を上ったことを思い出した。これからどこへ行くにしても、ここまで上ってよかったと思えるような眺めが見られるんだろうな、と思った。

思ったとおりだった。

いきなりわたしたちは広い平らな台地に出た。

みんなうれしそうに叫び、足を踏み鳴らし、手をたたいて、また「歌」をうたった。飲み物がまたまわされた。みんながしつこく飲み物をまわし、息を吹きかけてくるので、このままじゃみんなにゲロを吐きかけちゃうんじゃないかと思った。そうなれば、いい気味だけど。

でも、すぐに引きさがってくれたので、わたしは顔を上げた。

巨大な空が頭上にあった。こんなに大きな空は見たことない。どこまでも青く、ところどころ雲も浮かんでたけど、空のほとんどはダイヤモンドみたいな無数の星におおいつくされてる。そのまんなかに月があった。空のいちばん高いところで白く燃え、けむるようなアクアマリン色の輪がか

産業編集センター出版部
2005春の新刊

東京都文京区本駒込 2 の28の 8
文京グリーンコート 17階
TEL03-5395-6133 FAX03-5395-5320
http://www.shc.co.jp/book/ mail:book@shc.co.jp

本格推理委員会

日向まさみち（著）
壱河きづく（画）

木ノ花学園を舞台に「本格推理委員会」のメンバーが、古い校舎で起きた幽霊事件の謎に挑む次世代青春小説＆ミステリ。第1回ボイルドエッグズ新人賞受賞作。

1,100円＋税
4-916199-62-6

見た目診断

おおたうに（著）

イラスト界のファッションリーダー「おおたうに」が、インパクトあるイラストと愛ある毒舌コメントでおくるファッションチェック＆性格判断ブック！

1,200円＋税
4-916199-65-0

STAMP《スタンプ》 STAMP《スタンプ》 STAMP《スタンプ》 europe《ヨーロッパ》

塚本太朗（著）

ドイツ・チェコ・スイス・ルーマニア・フィンランド・ハンガリー・スウェーデン・オランダ・国連の切手と郵便小物を集めた一冊。収録切手約300点。

1,500円＋税
4-916199-67-7

ウルフ・タワー　第一話

ウルフ・タワーの掟

規則に縛られた国〈ハウス〉で、奴隷として育った16歳の孤児クライディの日常は、気球に乗って現れた〈狼の塔〉の使者によって一変する。自由を手に入れるため、本当の自分を知るため、二人で荒地へと逃げ出す決意をするのだが……。

タニス・リー／著　中村浩美／訳
桜瀬 琥姫《おうせこひめ》／画　定価：1,200円+税
四六判・320P・ISBN4-916199-69-3

ウルフ・タワー　第二話

ライズ　星の継《つ》ぎ人《ひと》たち

〈狼の塔〉を抜け出したクライディは、魔法の宮殿〈ライズ〉で囚われの身となる。絶えず動く部屋や階段、機械じかけの人間、不思議な姿形をした森の動物に翻弄されつつ、なんとか脱出を図ろうとするのだが……。

タニス・リー／著　中村浩美／訳
桜瀬 琥姫《おうせこひめ》／画　定価：1,200円+税
四六判・352P・ISBN4-916199-70-7

好評既刊本

書名	内容	著者	定価	ISBN
思いは国境を越えて アンジェリーナ・ジョリー	難民救済活動の様子を写真と日記で綴ったドキュメント	A・ジョリー（著） 中西絵津子（訳）	1,600円+税	56-1
マイ・ハウス	田辺聖子氏も絶賛した、競売物件をめぐる傑作長編小説	小倉銀時（著）	1,500円+税	55-3
きのう、きょう、きもの ～昔きものの楽しみ方～	新しいタイプのアンティークきものの本	産業編集センター（編） ひだきょうこ（イラスト）	1,100円+税	54-5
猫殺しマギー	表題作を含む、シュールでポップな短編集	千木良悠子（著）	1,300円+税	53-7
おいしい上海	上海グルメ攻略ガイド	産業編集センター（編）	1,200円+税	47-2
はじめて上海	上海街遊び満喫ガイド	産業編集センター（編）	1,200円+税	46-4

【書籍ご注文について】お近くの書店にない場合には直接ご注文ください。お届けはヤマト・ブックサービスでの宅急便となります。書籍受け取りの際、代金（書籍定価＋送料一律二〇〇円＋消費税）をドライバーの方にお支払いください。

好評既刊本

書名	内容	著者	価格
ぐーぐーBook 気持ちよ～く眠りたい	不眠症マンガ家による体験型イラスト・エッセイ	細川貂々（著）	1,000円+税 63-4
なぜか会話のうまい人たち	5つのレベルで会話力アップの秘訣を説いた自己啓発書	荒木創造（著）	1,200円+税 61-8
SIMPLE NOTE	著者のこれまでの仕事をエッセイ・イラスト・写真で紹介	RARI YOSHIO（著）	2,400円+税 60-X
レスリーの時間	『レスリー・チャンのすべて』の著者による回想録	志摩千歳（著）	2,000円+税 59-6
鏡の森	タニス・リーによる恐怖とエロスのファンタジー	タニス・リー（著） 環早苗（訳）	1,280円+税 64-2
バイティング・ザ・サン	タニス・リーによる異色のSFファンタジー	タニス・リー（著） 環早苗（訳）	1,280円+税 58-8
のほほん風呂 おうちでカンタン季節の湯	心と体と地球と財布に優しい、お風呂イラスト・エッセイ	たかぎなおこ（著）	980円+税 57-X

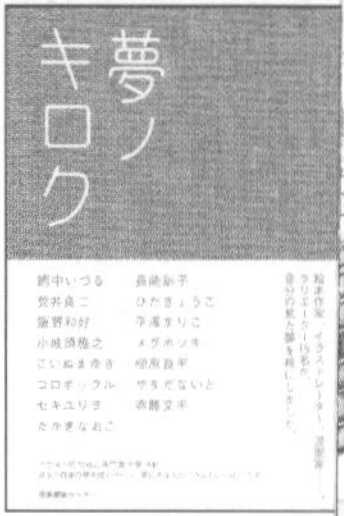

2,200円+税
4-916199-66-9

1,100円+税
4-916199-68-5

かってた。

頭がくらくらしてきて、下をむいた。丘は遠ざかり、目の前には、月に漂白され、中空に止まってるかに見える平地があるばかり。

この土地はあそこから深い峡谷に落ちこんでるにちがいない。

思ったとおりだった。

片側にいくつか洞穴があり、トリ族の人たちは耳障りな声をあげて、洞穴にはいおりていく。当然ながらあとについてく気にはなれなかった。だれもそうしろとはいわなかったし。

ちくちくする羽毛のドレスから気持ちをそらすために、わたしはまた星空を見上げた。

魂が体から抜けだして、星のそばまで上っていくのがわかった。夜の風のなかには、地上では味わえないような冒険がつまってる。

今度はうしろを見た。そしたらネミアンがいて、こっちをじっと見てた。「きみの首のラインは品がいいね」ネミアンがいった。

星空の冒険なんて、頭から吹き飛んじゃった。地上の冒険で満足。

「ありがとう」

「星がきれいだと思わないか?」ネミアンがいった。それからつけくわえる。「でも、きみがいちばん好きなのは夕暮れどきなんだろうね」ネミアンは少しためらってから、こういった。「お母さんの名前だもんな」

洞穴から騒々しい音が聞こえてきた。背後の斜面でなにか（大きな？）動物がうろうろしてるのも聞こえる。このあたりにどんな動物がいるのかわかったもんじゃない。でも、そんなことは一瞬にして頭から吹き飛んだ。

「お母さん？」

「お母さんの名前、たそがれどき《トワイライト》だろう？」

わたしは立ちつくした。「わたし――知らなかったわ」

ネミアンはいった。「でも――知らなかったって？　小さいときに別れわかれになったのは聞いてるけど、それにしたって――」

なんとかとりつくろわなくちゃ。わたしは〈ハウス〉のプリンセス。もちろん、お母さんの名前だって知ってる、ってふり。でも、待って。なんでそんなふりしなきゃいけないの？

わたしはいった。「だれも教えてくれなかったもの。ネミアンはだれから聞いたの？」

「プリンセス・ジザニアが話してくれたよ」

わたしには話さずに？　それとも話すのを忘れたの？

わたしはこみあげる感情でなんにも感じることができず、「いい名前ね」とだけいった。

ネミアンは眉をひそめて、なにか聞きたそうにしてる。わたしは身構えた。

その瞬間、トリ族の人たちが洞穴から飛びだしてきた。たいまつが揺れて、闇に光が散った。奇妙な装置がゆっくり引きだされてきた。車輪と――翼が見える。人々がわたしたちのまわりに群がってきたとき、ネミアンがいった。「クライディ、聞きたいことがあるんだけど――」ところが、わたしたちはトリ族にかこまれて、平らな石の台地を歩きだしてた。

「聞きたいことって？」わたしは叫んだ。

「いや、いいんだ」ネミアンも大声で答える。「あとにしよう。もう始まるみたいだから。首長がいってたんだ。空を飛ぶんだってさ」

「そう、わかったわ」

もちろん、わかってなんかいなかった。そんなこと、どうでもよかったし。あの空を見て、夕暮れどきの空を意味する母の名を聞いたあとでは。

みんなが足を止めたようだ。わたしはトリ族の人たちが六人くらい車輪と翼のついた装置にくくりつけられるのをなんとなく見つめた。

装置には座るところがあって、車輪を動かすペダルがついてた。六人の腕が翼にすえつけられた。あれ、木でできてるんじゃないかな。それにわたしのドレスみたいに羽根でおおわれてる。なにからなにまでばかばかしく見えた。

トリ族の人たちは同じフレーズを何度も、何度も叫んでた。みんな、べろべろに酔っぱらって、耳まで裂けそうな口で笑ってる。翼みたいなのをつけた人たちは腕を上下させて、乾いたきしきしという音を立てた。

「なにを叫んでるの?」わたしはネミアンに聞いた。ほんとはどうでもよかったけど。

「なにって、クライディ、ほら、ペダルをこいで崖から飛びだしたら、翼を羽ばたかせて飛ぶんだよ」

「ふうん。無謀に聞こえるけど」

「ある意味ではね。この人たちの神を称えるお祭なんだよ」

「神って、カミサマのこと?」

「まったく同じではないけどね」

「あんな——崖から?——飛びだしたりしたら、危険じゃないの?」

「とても危険だよ。飛ぶって行為が落下をいくらかやわらげてはくれる。だけど、たいていは腕か脚が折れる。みんなが叫んでるのはそれだよ。脚を折れ、ってね。縁起かつぎだよ」

わたしの口があんぐり開いた。すっかり癖になっちゃった。

それはともかく、翼をつけた人たちはペダルをこいで、平地をすさまじい勢いで走りだした。すでに腕と翼を激しく振ってる。

ひとり、またひとりと白い崖の縁に到達し、そこからダイヤモンドの星にけむる夜に——虚空へ

——ころがり落ちた。

ほかの人はみんな、ネミアンやわたしもいっしょになって、崖の縁まで走っていって下をのぞきこんだ。

翼をつけた人たちが下へ、下へと落ちていく。空中で手足をばたつかせ、くるくるまわるようすはグロテスクで、こっけいで、恐ろしかった。

ひとり、またひとりとはるか下の地面にたたきつけられ、そのたびに鋭い音と悲鳴が聞こえた。蒸気みたいな雲が上ってきた。

トリ族の人たちは歓声をあげてた。わたしは見るのもこわかったけど、目をそらすこともできなかった。

でも、全員がぐちゃぐちゃになった飛行器具からはいだした。

「ふたりが腕を折っただけですんだみたいだ」ネミアンがいった。となりでげっぷをして、げらげら笑ってるＧＦＯから目をそらして、こっちを見る。「乗り物をつくるのは一年がかりだけど、壊れるのは一瞬なんだ。でも、クライディ、見てのとおり、下は砂地だからね。翼だけじゃなくて、それも落下の衝撃をやわらげてくれるんだ」

気のきいた皮肉のひとこともいってやるか、ただ感傷にまかせて思ったままをぶちまけるかしようと思ったけど、村人たちがまた、みんなしてわたしに触ってるのに気がついた。何人かが腕をがっちりつかんでる。そしてわたしを引っぱり、抱えあげようとした。

さすがにわたしは暴れだした。いくらなんでも尋常じゃない。

「ネミアン――やめるようにいって――」

ネミアンはあ然としてた。トリ族の不快な言語でなにかいったあと、GFOのほうを見て、同じ言葉をくりかえした。

ところがGFOはただごぶごぶいって、ネミアンの背中をたたき、また飲み物を勧めただけ。

ネミアンの表情を見て、これから起こることがようやく飲みこめた。

この人たちは、わたしが痛い思いをすることはない、せいぜい「脚を折る」だけだ、とでも思ってるの？　それとも、祭の夜にタイミングよく迷いこんできたわたしのことを、格好のいけにえと考えたの？

なんにしてもトリ族は、翼のない、羽毛のドレスを着たわたしを崖から放りだす気だ。

わたしは悲鳴をあげ、足をばたばたさせた。何発かはだれかの腹に蹴りを入れられたと思う。でも、たいした効果はなかった。なんの助けにもならなかった。

そのころにはネミアンも腕をつかまれ、地面に組みふせられてた。あいにく折れなかったトリ族のじょうぶな脚で隠れて、ネミアンの姿は見えなかったけど。

わたしの袋――このノートを入れてた袋――は地面に落ちて、見失ってしまった。

わたしはキーキー声で泣き叫んでた（その気持ち、わかるでしょ）。

そのときだった。この騒ぎとぼんやりしたパニックと恐怖を暗い爆発のようなものが引き裂いたかと思うと、いきなりわたしの体は飛んでた。崖からじゃない。宙を飛んで、地面に投げだされた。丘の上の台地に。それから、だれかに引っぱりあげられて、もっとかたくて、やわらかいものの上に着地した。

こんなことってある？　わたしはまた足をばたばたさせた。そしたら、なにかが足をつかんだ。

「おいおい、このモーボフ。そう蹴るなって。目ン玉がえぐれちまう」

水の底から浮かびあがるみたいに、わたしは身体を起こして、知らない顔をにらみつけた。といっても、トリ族の顔じゃない。黒檀のように真っ黒な顔。わたしに左目をえぐられないようにしながらも笑ってる。

「よしな、シューラ。あんたを助けにきたんだから」

男の髪は長くて、きつく編んであった。九十本くらい。すごくゴージャス。でも、かまうもんか。わたしは男の髪をむしろうとした。すると、彼はわたしの手をつかんだ。わたしを抱えて走りだし、こういった。「いいか、シューラ、もうだいじょうぶだ。これから丘を下りる。崖からじゃない」

そのとおりだった。

「わたし、シューラなんて名前じゃないわ」

男はあいまいな、でもどうでもよさそうな顔をした。

「わかってる。ヒツジ族はクラアアディメーと呼んでた」

「クライディだってば」

男はまた笑った。「わかったよ、クライディ。知らないんだろう。『シューラ』っていうのは『ダーリン』って意味だよ」

それでどこに連れていかれたかって？　丘の斜面だった。

上のほうではたいまつが光り、怒号や悲鳴、金属のこすれる音や鋭くぶつかりあう音、それから銃声が聞こえた。

「ネミアンが――」わたしは叫んだ。「それにノート――」

「ノートはここだ、クライディ」わたしが醜くしようとしてたこの美男子はいった。「ネミアン？ああ、あの男のことか。あいつなら無事だよ」

彼はこのノートを渡してくれた。袋抜きで。袋はどこかに行っちゃったみたい。でも、そんなことはかまわない。わたしはノートをぎゅっとつかんで、しゃくりあげた。悔しいけど、ほんとの話。ほんの一度か二度。

救い主はやさしく肩をたたいた。「もうだいじょうぶだ」

どうやらほんとにだいじょうぶみたい。

「あそこから放りだされるところだったんだわ」思い出さなくていいことを思い出してしまった。男はいった。「これを飲むんだ」わたしは押し返したけど、また押しもどされた。飲んでみれば、ただの水だった。すごくおいしい。わたしがごくごく飲んでると、彼はいった。「すぐには動けなかったんだ。たしかめる必要があったから。おれたちが誤解してるといけないんでね。だから、あんたのあとを追って、トリ族の村にやってきた。アルグルの指示で連中に——トリ族のやつらにってことだが——酒を飲ませて、ことを起こしやすくした。むこうのほうが数でまさっていたからな。アルグルはまっすぐあんたのところに駆けつけて、そのままかっさらうつもりだったんだが、邪魔が入った。ふたりばかりナイフを持ったやつらに引きとめられたんだ。そんなわけで、おれが光栄にもあんたを連れだしたというわけだ。おれはブラーン」

わたしのこと、ばかだと思うでしょ？　その名を聞いたとたんに、ヒツジ族のゲストハウスで聞いた声を思い出した。「ちゃんと殺してやれよ、ブラーン。生きたまま食うなって」

わたしはなんとなく黙りこんだ。ブラーンはわたしを助けてくれた。でも、いつでも助けてくれるとはかぎらないみたい。

男たちがぞろぞろと丘を下りてきた。盗賊たちがみんな。まあ、しかたがない。

「クライディを崖から放りだそう祭」のためにトリ族が立てたたいまつのそばに、アルグルが立ってた。

わたしの顔をじっと見てる。その目は夜の色よりずっと黒く、親しみのかけらもなかった（アルグルの名前はブラーンが教えてくれた。もう知ってた気がするけど。アルグルが盗賊団のリーダーだってことも）。

「ありがとう」わたしはアルグルにいった。いやみっぽく。さらにつけくわえた。「あなたは命の恩人だわ」ネミアンにいってほしかった言葉だ。

でもネミアンはむこうの馬車に横たわってた。くたくたに疲れきって。

アルグルは冷淡にうなずいた。

「礼にはおよばない。こっちは横道にそれる羽目になったが、返礼はしてもらえるんだろう？」

どうやって？　わたしはアルグルをにらみつけた。「見返り目当てに人助けをするの？」

何人かが笑った。わたしの生意気な受けこたえをおもしろがってるんだとすぐにわかった。

なんにしても盗賊たちはアルグルににらまれて、笑いを引っこめた。

アルグルがまたこっちを見た。

「いや、ミス・トラブルメイカー、そんなことはしない。普段は人助けなどしないんでね」

アルグルのことはこわかったけど、正直なところ、死にかけたおかげでちょっぴり大胆になってたみたい。このときばかりは。

「まあ、光栄だわ」わたしは皮肉っぽくいった。

「いつまでそう思っていられるやら」アルグルはいった。

この人が屈強の盗賊団の大リーダー（！）。この男はヒツジ族のチャリオットにもたれかかって、ガラスのお守りを見つめ、わたしたちが金目のものを持ってないというのでばかにした。そうしながらも、じつは探りを入れてたわけね。ヒツジ族が口をすべらせたとおり、ほんとにわたしがトリ族のいけにえに選ばれたのか、って。ほんとのことだとわかると、あとを追ってきてようすを見守り、わざわざ助ける必要があるかどうかたしかめた。

わたしは羽根だらけのちくちくするドレス姿でむかっ腹を立てた。ばかにしてるわ。わたしはひとりぼっち。人はいつだってひとりぼっちだとは思うけど。

盗賊のキャラバン

わたしたちは朝まで山中で待った。五人の盗賊はそこに野宿した。五人だけ先に来てたから、ほかのメンバーが追いつくのを待ってたってわけ。

みんなはひと晩中馬を走らせてきた。荷馬車や犬もいっしょ。犬はよく訓練されてた。敏捷で、毛並みがよくて、むやみにほえない。

どんどんふくれあがってく野営地のまんなかには、大きな火がたかれた。盗賊たちは火をかこんで座った。犬たちとちがって騒々しい。わたしの記憶にもあるとおり。

トリ族は逃げてしまった。ナイフやライフルの音もしてたから、逃げられなかった人もいるんだろうけど。

ブラーンが感情をまじえずに話してくれたところによると、ヒツジ族はわたしたちを――っていうより、わたしを――トリ族に売ったらしい。わたしを「物々交換」したってわけ。ううん、もっと悪い。そもそもヒツジ族はトリ族に渡すいけにえの女の子を捕まえるために出かけたんだって。どうりでわたしたちをこころよく町に迎えいれたはずよね（すごい歓迎ぶりだったもん。ドラムに、口笛に、ポピーの花吹雪)。

いやな気分。ヒツジ族の人たちには好意を抱いてたのに。純粋で——親切な人たちだと思ったのに。

もちろん盗賊団は恐ろしく見えたけど、わたしを助けてくれたのはこの人たちだった。当然、この人たちにもそうするだけの(たぶんよこしまな)理由があるんだろうけど。用心しなくちゃ。ひどい目にあって思い知ったから。ここでは人を信じちゃいけない。人は痛い目をみてなにかを学ぶ生き物なのよね。ほかに学ぶ方法なんてある?

その夜、ネミアンに会いにいった。ここには女の人たちもいて、ひとりは女の子用の服をくれた——ズボンやチュニック、「金貨」のぶらさがったブレスレットやコインのイヤリングまで! わたしは感激したけど、ここの女の人たちはみんなそういう格好をしてるから、この人たちにとっては、わたしに装飾品を与えるのは、寝具を与えるのと同じくらい自然なことなんだと思う。

ネミアンは盗賊の荷馬車のなかで敷物の上に座ってた。わたしだとわからなかったらしく、ただ顔を上げてこういった。「ビールが余分にあったら、もう少し持ってきてくれるかな」

「ビールをもう少しですって? はちきれちゃうわよ」わたしはむっとしていった。

するとネミアンはあの目をこっちにむけて、笑顔を見せた。

「クライディ。そのやさしい態度できみだとすぐにわかるよ」

どうやらネミアンはだれかにみぞおちを蹴られたらしい。頬にも紫のあざがあった（事故にあいやすい人なのかしら。ううん、そんなふうに思うのはひどいよね。トリ族がわたしを崖から投げだそうとするのを止めようとしてくれたんだもん。結果として止められなかったけど、それはネミアンのせいじゃないんだから）。

どっちにしても、女の子がビールを持ってきた。頼まれなくても。ネミアンはその子にとてもやさしかった。わたしは嫉妬を覚えて、荷馬車から離れた（ネミアンったら、わたしがお母さんの名前を知らなかったことについて聞きたがってたくせに、そんなこと忘れちゃったみたい）。

どうやらわたしは怒りっぽくて、嫉妬深いらしい。すごくいやな人間だ。いままで気づかなかった。でも、それは恋したことがなかったから。いまは？　恋してるのかな。自分がどんな人間なのかわからない。何者なのかも。

盗賊団のリーダー、アルグルがテントに入っていった。しばらくして副官のブラーンも加わった。雄たけびをあげてナイフを歯でくわえた盗賊も見かけた。メフメッドと呼ばれてる。この男はわたしを見るたび、大声で笑う。

わたし、ここにいてうれしいのかしら。よくわからない。

ついにわたしは荷馬車に行った。女の人がそこで寝てもいいといったから。目覚めたときにはキャラバンは動きだしてた。荷馬車のなかはあいかわらずわたしひとり。だれかといっしょに使うんだと思ってたのに。

馬車から頭を突きだしてみると、丘を下り、また埃っぽい砂漠へむかうところだった。とても荒涼とした景色。このことを少し書こうとしたんだけど、馬車があんまり揺れるので、あきらめた。

そのあと高い革の屋根の絵に見とれ、ブラーンから聞いた話を思い出した。荷馬車はとても古いけど、いつも手入れをしてるから状態がいい。家族ごとに馬車を持ってて、次の代に伝えられる。馬や犬もだいたい同じ。みんな何世紀も前に飼ってた馬や犬の子孫ばかり。ブラーンはいった。盗賊たちにとって、野営を意味する「ハルタ」という言葉は、「家族」を意味する言葉でもある。盗賊団の野営に加わるってことは、盗賊団の家族の一員になるってこと。でも家族は家族でも、つねに移動する家族なんだって。


屈辱。ずっとだまされてたような気分。理由はわかんないけど。だって、わたしが乗ってた荷馬車はアルグルのだっていうんだもん。

もちろん、なかには整理だんすがあって、馬車用の備品があった。敷物とか、腰かけとか、瓶とか。本も見つけたんだけど――そうなの。なにがあるのかのぞいちゃった。ちょっとだけね――わたしにわかる言葉で書かれてる本は二冊しかなかった。すみっこにナイフや鞘やシャツやブーツやなにかが置いてあるのにも気づいてた。今朝、食べ物を持ってきてくれた女の人と話をしようとして、わたしはいった。「この荷馬車で生活してる人たちはどこにいるの?」すると、女の人は答えた。「これはアルグルの荷馬車よ」

アルグルは昼間は馬に乗ってるし、夜はテントで眠るほうが好きだから、荷馬車はたまにしか使わないわ、ともいわれたけど、すごく落ち着かない気分になった。アルグルにからかわれたような気分。それになんだか自分がアルグルの持ち物みたいに扱われてる気もした。アルグルがわたしをほしがるような理由は思いつかないけど。わたしが貴重な人間だって思ってるのかな。きっとそうだ。ネミアンがなにかいったんだ。〈ハウス〉のプリンセスだって。それって、まずいんじゃない?

当然、すぐに逃げなきゃ。

ネミアンもいまでは優雅に馬に乗れるようになってて、盗賊たちとむかしながらの友だちみたいにしゃべってる。新しく知りあった人たちといっしょにいるのが好きみたい。これって長所? それとも、ただ薄っぺらなだけ? それって、すっかりわたしに興味を失ったってこと? わたしが「目新しく」なくなったから。たぶんそう。

そこへブラーンがあらわれて、乗りたければ、ラバがあるといった。

なんとかラバの背に乗ったあとで——左右両側に二度落ちそうになったけど——ふと気がついて、

わたしは訊ねた。「このラバもアルグルのなの?」

「いや」ブラーンはいった。「おれのおばのだ」

「それじゃあ、あなたのおばさんは――」

「おばのラバはほかにいくらでもいる」ブラーンはスリッパの話でもしてるような口ぶりでいった。

このラバには泣かされた。

かわいらしい顔とすてきなまつ毛をしてたけど、すぐになにかを蹴りたがるし、やたらにもがく。ラバはもがいたりしないとネミアンはいうけど、もがくもんはもがく。わたしはえさをやったり、毛づくろいをしたりして、好きになって損のない人間だと示そうとした。でも、ラバはおかまいなし。こっちが背をむけようものなら蹴飛ばそうとするし、品よく鞍にまたがろうとすればごそごそ動く。

いうまでもなく、通りかかった盗賊たちは、男も女も思いきりおもしろがった。

わたしが砂のなかに落ちるたび、「またクライディメーだ」とみんなはいう。これまた腹立ちの種。盗賊たちはいまもわたしの名前をヒツジ族みたいに呼ぶ。ヒツジ族にあんなことをされたあとだから、よけいにむかつく。

今夜はハルタの会議があった。

わたしたちはみんなで中央の大きなたき火をかこんだ。調理用のなべはどかしてあったけど、野菜とパンは熱い灰のなかで焼きつづけた。

アルグルがテントから出てきた。その姿ときたら――目をみはっちゃう。

これぞリーダーって姿をしてた。若き王って感じ。つやつやした黒い髪と黒い目。背が高く、引きしまった体つき。日に焼けた肌。全身をおおう金のふさ飾りやコインや銀のリング。〈ハウス〉の人たちなら、野蛮だっていうにちがいない。「野蛮人」って。ネミアンは少し笑みを浮かべてる。でもやっぱり、ひときわかわいい盗賊の女の子が横にいる。このごろはいつ見ても、その子が横にいる気がする。

会議を開いたのは、わたしたちがみんなペシャムバにむかってるからだった。盗賊たちはペシャムバのことは知ってたけど、この町に行ったことはなかった。少なくとも、ここ数世代は（はじめのうち、わたしは混乱してて、ペシャムバというのがネミアンの町だと思ってたんだけど、そうじゃなかった。どの町も崩れるか、吹き飛ばされるかしたんだとばかり思ってたのに、どうやら大まちがいだったみたい。〈ハウス〉はずいぶんたくさんの嘘をついてたようね。でなかったら、とんでもなく無知なのかも。それとも、両方？）。

とにかくペシャムバへの道は遠く、この砂漠を通りぬけてくか、〈レイン・ガーデンズ〉と呼ばれるところを横切るかしなければならない。会議はどっちの道を選ぶか多数決で決めるのが目的だった。

感心はするけど、疑問もわく。アルグルがリーダーなら、アルグルがみんなを率いるものじゃないの？　なにを決めるにも全員で多数決をとるんなら、リーダーなんか必要ないじゃない。

ブラーンの話では、わたしを救うかどうかも投票で決めたらしい。全員が賛成してくれたのかと思ったら、実際は半分だけだったみたい。おかげでこの人たちと話してると、わたしのことを救ってやる価値もないと思ったのはだれなのかと勘ぐっちゃう。みんなのことを責めるつもりはないけど、落ちこむわよね。結局、トリ族を追ってきたのはたったの五人だもん。

ブラーンに訊ねる度胸はなかった。どうしてアルグルは助けることにしたの、って。返ってくる答えがこわかったから。ああ、ペシャムバでラバの曲芸師として売り飛ばそうと思ってね、なんていわれたらどうする？

みんなは〈レイン・ガーデンズ〉の話をしてた。その内容はあいまいだった。どんな場所だかはっきり知ってる人はいなかったけど、旅人はみんなそこを避けたがる。雨がよく降るところみたい。わたしの意見をいわせてもらえば、どんな道だって、こんな砂のくぼ地を行くよりはマシ。

でもわたしには投票権がなかったし、ネミアンにもなかった。

ネミアンは気にしてないみたいだった。プリンスって、そんなことにはわずらわされないものなの？　しょせんプリンセスのふりをしてるだけのわたしとちがって。それとも、髪をとかしてくれてる盗賊の女の子ほど興味が持てないだけ？　うーむ。

投票の結果、〈レイン・ガーデンズ〉を通ることになった。

話しあいが終わっても、盗賊たちは腰を上げず、お酒を飲んだ。おしゃべりをする者、犬と遊ぶ者もいた。盗賊の何人かはトリ族の村からメス犬を盗んできた。すごくうれしい。その犬たちはきちんと世話をされるようになって、村にいたころより元気で穏やかになったから。

よし、それなら、とわたしのラバを見にいった。そうすれば、ネミアンの姿を見なくてすむし。例の女の子がライオンのたてがみみたいなネミアンの金髪に青いビーズを編みこんでる。それでいいわけ、ネミアン？　ヒツジ族が羊たちにしてるのと同じことをされてるのよ。

ラバはもちろん、わたしを見て喜びに打ちふるえはしなかった。

わたしはラバにかがみこむようにして、鼻をこすり——これがかわいい鼻をしてるのよね——ラバのえさをやった。

「クライディよ」わたしはしっかりいいきかせた。「あんたの大好きなクライディちゃん。あんたにはもったないいほどおいしいおやつをくれるクライディ」

「期待をかけすぎだ」だれかがいった。「馬のほうが相性がいいかもしれないな」

ブラーンの声じゃない。ブラーンのことは信用できる気がしてきてた。信用なんかしちゃいけないって肝に銘じておかないと。わたしは振りむいた。

そこに立ってたのは盗賊のリーダー、アルグルだった。遠くのたき火とランプの明かりを背に浴びて、まるで黄金で縁どられてるみたいに輝いてた。

わたし、どんな態度をとったらいいの？　命の恩人だからとひれふすべき？　それとも、つっけんどんにふるまうべき？　利用されてるのはわかってるんだから。

わたしがどうしたか、あなたなら想像がつくかもね。

「それはどうも。馬を持ってないから、おおいに参考になったわ」

「きみが馬を奪わなかったとは、驚きだな」アルグルはいった。「だれかの鼻をかみ切って、馬を盗むだけじゃないか。どうだい？」

「そっちは盗みのプロなんでしょうけど、わたしはちがうの」

「学べばいいさ」

わたしは自分にいいきかせた。わたしはプリンセス・クライディッサ・スター。トワイライト・スターの娘よ。そして昂然と頭を上げた。

「どうしてわたしを助けてくれたの？」

「さあな」

昂然と頭を上げたまま、わたしは思った。そうはいっても、奴隷として暮らしてきたのよね。

わたしはうつむいた。

アルグルはいった。「ラバのかわりに馬を貸してもいい。その年で乗馬を始めるのは大変だろうが、やってみる価値はある。やってみたいか?」

ラバの背からころがり落ちたりするのを見物するだけじゃ、おもしろくないってわけね。わたしが馬から落ちれば、そりゃあ楽しいでしょうよ。

「いいえ、けっこうよ」

「へそまがりめ」

アルグルは背をむけて、行ってしまった。髪が波のように揺れてる。マントがひるがえり、金のコインが鳴った。音楽みたいに。

イエスと答えればよかった。だいたい「その年で」ってなによ。人のこと、三十かそこらみたいないい方をして。


これを書くのも久しぶり。いろいろあったから。いろんな意味で。

盗賊とハルタのことを書いておかなきゃ。

なんだか恥ずかしいな。

〈ハウス〉では石に刻まれたみたいに決まりきった生活を送ってた。あそこの規則は絶対だった。ものごとを変えることなんてできなかった。大切なことについて、考えを変えることも許されなかった。

でも、生きるって、そんなものじゃないと思う。生きるって、変わっていくってことでしょ？成長も変化のひとつ。子供は大人になるし、子犬は成犬になる。同じ場所にいつまでもとどまってはいられないし、いつまでも同じ考えのままではいられない。とくにそれが正しくないとわかったときには。その考えがまちがってたときには。

でも、あなたはそんなことくらい知ってるわよね。きっとそう。

ただね――わたしは知らなかった。そうでしょ？

まず朝の話から書かなくちゃ。わたしたちはまださらさらの砂の荒野にいた。たき火のそばに行ったら、ブラーンがいて、ナッツのポリッジをがつがつ食べてた。盗賊たちがよく食べてる料理。そしたら、ナイフ投げのメフメッドが叫んだ。「そいつを殺してやれよ、ブラーン」ローって男もいっしょになって叫んだ。「ちゃんと死んだかたしかめてから、食えよ！」

もうあ然としちゃったわよ。そのとき、はじめて気づいたの。以前、窓越しに聞いたせりふは恐ろしい相談でもなんでもなくて、ただのジョークだったんだ、って。

みんなブラーンの食べ方をからかってただけなの。ブラーンのほうも反撃に出て、メフメッドとローの食べ方に思いきりケチをつけた（たしかにブラーンにもまして汚い食べ方だった）。だから、必ずしも痛い目をみないと学べないってことでもないみたい。赤っ恥をかいて学ぶ場合もあるのね。

またひとつ勉強になったわ。

頭のなかがすっかりこんがらがってる。

例をあげるね。Aの荷馬車を出てから、毎晩、外で寝るようになった。毛布と枕は、食べ物を持ってきてくれた女の人が貸してくれた。

きっとわたしがびくびくしてるのに気づいたんだと思う。

その人はいった。「ここには虫はそんなにいないわよ」それでも、わたしがそわそわしてるので、さらにつけくわえた。「ライオンもいないわ。もしライオンがうろついてても、見張りがちゃんと気づくから」それでもまだわたしが不安そうなのを見て、彼女はさらにいった。「ボーイフレンドがほしくないんなら、だれも無理強いしたりしないわよ」「まあ、そうなの？」とわたし。女の人はわたしを上から下まで見つめていった。「あなたのいたところは、ひどいところだったのね。この人たちは、人の寝所にこそこそ忍びこんだりしないわ。パンサーじゃないんだから。好きな人がいるんなら、告白すればいい。そうでないかぎり、みんなそっとしておいてくれるわ」

こんなの信じられる？　まさか。

気が動転して、眠れなかった。

ボーイフレンドならいる。ネミアンがいる。

ううん、ちがう。ボーイフレンドなんていない。友だちとさえいえるかどうか。

〈ハウス〉の人たちは自由に恋をしてた（わたしは経験がないけど）。でも、注意も必要だった（たとえば、わたしの両親とかね。恋に落ちて、子供ができたせいで追放されたんだから）。

〈荒地〉についてはいろんな話を聞かされてた。だけど盗賊たちは――

この人たちは心配いらない。だれも寝所に押しかけてきたりしない。

たぶんわたしのことなんか眼中にないだけなのかも。怒りっぽいし、おもしろみもないし、嫉妬深いし、野暮ったいし。

ある夜、もっと正確にいえば、夕暮れどき《トワイライト》にネミアンが盗賊の女の子と話してるのを見た。ふたりは相手の目を見つめあってた。わたしの胸がズキンとして、冷たく、熱くうずいた。わたしはこっそり逃げだした。

次の日、馬が来た。ブラーンに連れられて。

こればかりはどうしようもない。わたしはブラーンが好き。わたしを助けてくれたってだけじゃない。ブラーンって人は――ううん、とにかくわたしがブラーンを好きなだけ。それにブラーンはしょっちゅうアルグルといっしょにいるし。だから……よくわからないけど、なんとなくそのせいもあるのかなって思う（ところで、ブラーンにはガールフレンドがいる。すごくすてきな人。どっちみち、わたしがブラーンを好きっていうのはそういう意味じゃないけどね）。

それより馬よ。馬の話をさせて。毛並みは青みがかった黒――その夜の空みたいな色。思慮深そうな黒い目をしてる。そこに立ってる姿は賢そうで、美しかった。シルクのようなしっぽをかすかに振ってた。ブラーンがいった。「あんたに使ってほしいってさ」

「だれが？」わたしはわからないふりをして聞いた。

「彼だよ。アルグル。こいつはメスだ。牝馬」そのあとブラーンがいったことはよく聞きとれなかった。「＊▽の＃◇の★＠の血統でね。風のように走るが、ハチミツのようにやさしい」

当然、ことわろうとしたんだけど、この牝馬が低く鼻を鳴らした。わたしはそばに行って顔をなでた。

「こわくないんだな」ブラーンがほめた。

「すてきな馬ね」

「いいぞ、クライディ」ブラーンがいった。白い歯を見せて、満面の笑みを浮かべてる。わたしはうれしくなった。いいことをしたんだ。やっと。

それにこの馬は――名前はシリー――夢みたいにステキだし。

シリーは根気よくわたしにつきあってくれる。わたしが乗馬の練習中だってこと、わかってるみたい。でも、わたしがえさをやったり、話しかけたりすると、ちゃんと聞いてくれる。とはいえ、めちゃくちゃキツい。これじゃあ、三十歳といわれてもしかたがない。盗賊の女の人の説明では――この人にもちゃんと名前があって、テイルっていうんだけど――しばらくはつらいわよってことだった。馬にまたがって、この姿勢を保つことに体を慣らさなきゃいけないのよね。昼間はまだいいんだけど、降りるときにはよろよろだし、朝なんか――いたっ、いたっ、いたーっっ！

あ、失礼。

あのラバはいやな目つきでわたしを見た。ラバはそういう目をするもんだってブラーンがいってた。ラバにはラバの考えがあるんだって。でも馬は人を理解してくれる。犬や狼みたいに。猫や鳥もたいていはわかってくれるけど、馬のようにはいかない。

砂漠でときどき旅人たちに会った。

谷間で行きあった人たちは、車台の低い荷車を五台ほど犬に引かせてた。たくさんの袋の下になにか隠してる。

アルグルの斥候がこれを見つけた。わたしたちは（っていうか、わたしは）ようすを見にいこうと、荷馬車の列に沿って馬を走らせながら思った。Aの部下たちはあの車に襲いかかって、略奪して、みんな殺してしまうんだわ。

でも盗賊たちはただ車のところに駆けつけて、はずれた車輪をはめなおすのを手伝っただけだった。

車を引く犬たちは元気にしっぽを振ってた。盗賊たちは笑って、ほかの旅人たちのあいだをぶらぶらした。陽気に騒ぐ声が谷間から漂った。

旅人たちは夕食を食べにきた。

問題は言葉だった。彼らの言葉を話せる者はほとんどいない。アルグルが少し話せるだけ。袋のなかには大きな石の像が入ってた。なにかの理由で、これをどこかに運ぼうとしてるらしい。だれも略奪されることはなかった。

それどころかアルグルはこの人たちに食糧を与えた。パンや干したオレンジやライスやビールを。でもハルタはたしかに人を襲う。ネミアンとわたしとヒツジ族の御者を追ってきたとき、お金をほしがった（Aはこんなのは使えないといって返したけど。もともとわたしがいけにえになるかどうかたしかめるためについてきたんだしね）。人を殺しもする。トリ族をおどして追い払っただけっていうんじゃないかぎり。

夜が明けると、旅人たちは石像とともに去っていった。巨大な熊の像だった（とブラーンはいってた）。

ピンク色の空の下、わたしたちははるかに広がる土地を眺めた。そのむこうでなにやら蒸気が立ちのぼり、赤い色が空のピンクを押しあげてく。

「〈ガーデンズ〉だ」メフメッドがいった（もう話したっけ？　メフメッドもいい人なの）。

ネミアンとはぜんぜん話してない。わたしのそばには姿をあらわさない。

「〈レイン・ガーデンズ〉のこと？」わたしは訊ねた。

「ああ」

わたしたちはピンクに溶ける赤を見つめた。

わたしにはそれがなんだかわからなかった。ネミアンにも、ハルタの人たちにも。

まるで人生みたい。次の角をまがったらなにがあるのか、次の山を越えたらなにが待ってるのか、だれにもわからない。地上の天国かもしれないし、死かもしれない。わたしたちにできるのは、ただ前に進んで、身をもってたしかめることだけ。

そこへネミアンがあらわれた。優雅な馬に乗ってる。盗賊の女の子も馬をネミアンの横につけた。

ネミアンは魅力的な笑顔を見せた。

わたしはにらみつけた。

「やあ――クライディ……元気？」

「さあ、考えたこともなかったわ。どう見える？」

「すばらしく元気そうだね」久しぶりに姿を見せた「お友だち」は、熱心にのたまった。「話があるんだ」とネミアンはいった。

「じゃあ、話せば」

「そいつはあとだ」メフメッドがいった。「まずあそこを通りぬけないとな」

ちょうどそのとき、雨がしとしと降りだした。色はないけど、古い火のようにすすけたにおいがした。

ネミアンの髪はぺしゃんこだった。金色がくすんでる。なんだか胸の奥が痛かった。盗賊の女の子、名前も知らないこの女の子が自分のスカーフでネミアンの顔をふいてあげてるのを見たら、ますます痛くなった。

女の子と駆け去るときに、ネミアンはこっちを見返した。なにかを切々と訴えかけるような目、いっしょにいたいのはわたしだといいたげな目だった。でも、いまいったとおり、ネミアンは去っていった。

もうネミアンなんて信用できないし、これまでだってそうだった。

だから、次の山を越えて、次の角をまがりつづけよう。

わたしはノートをつけるために荷馬車にもどることにした。そう、アルグルの荷馬車に。でも、アルグルは雨のなかで計画を練ってるはず。もしここに来たら、弾丸みたいに飛びだせばいい。シリーも借りてるだけなんだけど、借り物の友だちだって、だれもいないよりはいい。浮かない顔になってきた気がする。

また外に出たら、メフメッドがあいまいにいった。「まだ考えてるのかい？　だれとだれがあんたを助けたくないといったのかって」

わたしはぱっと顔を上げた。わたしの反抗的なようすにメフメッドはにやにやした。

「ちょっとニブいみたいだな、クライディメーメー」

「それはどうも」

「ありゃ、冗談だよ、クライディ」

わたしはメフメッドの黒い顔を引っぱたいてやりたかった。そんなことをするほど、ばかじゃなかったけど。

メフメッドはいった。「おれはブラーンにいったんだよ。あんたは信じちまうだろうって。真に受けちまって、めちゃくちゃ落ちこむだろうって。投票なんかしてないよ、クライディメーメー。そんな暇もなかったしな。あんたが危ないと知って、アルグルが手のあいてたおれたち四人を連れて、追いかけたんだ。なんたって、アルグルはリーダーなんだよ、おばかさん」

昼間の悪夢

ずぶぬれになっちゃったら、たぶん雨なんか気にならなくなるんじゃないかな。

だから平気。

みんなびしょぬれ。

荷馬車のなかも湿っぽい。みんなが出たり入ったりするので、服についた雨が馬車にしみてしまう。

雨は赤い。

赤く見えるし、赤いしみがつく。

テイルがなめした革を持ってきてくれた。このノートをくるんで、ページがぬれないようにって。長い手紙ね、とテイルはいった。彼女は手紙だと思ってる。これ、手紙なのかな。たぶんそう。インクペンシルもたくさんあるから、そのペンのインクが切れてもだいじょうぶよ、ともいってくれた。

ここはAの荷馬車のなかじゃない。この天気では、Aも荷馬車を使うだろうから。いまは女の子たちの馬車に入れてもらってる。盗賊たちの言葉も少しはわかるようになってきた。盗賊たちはふたつの言語を使ってる。ひとつはわたしが話してる言語。それにもうひとつの言語が入りまじる。

夜、赤い雨が屋根をつたい落ちるなか、女の子たちは糖蜜キャンディをなめながら、話をしてくれた。わたしもひとつ話した。話しながらこしらえた物語。〈ハウス〉で読んだ本の記憶の寄せ集めだけどね。みんなはわたしの話を楽しんでくれたみたいだけど、みんなの話のほうがおもしろかった。みんなが話してくれたのは、ほんとにあった話だと思う。

この場所を好きな人はいない。

岩や石だらけで、盗賊たちの単位でいえば、数百人身の石もある。風雨にさらされて形づくられたものなのか、それとも大むかしに人が刻んだものなのか、アーチや壁、柱や穴の開いた塔があった。奇妙な階段もあった。段になってるところと、スロープになってるところがある。これも大きな都市の廃墟なのかしら。崩れ落ちたんじゃなくて、古いロウソクみたいに溶けた廃墟。

石の影は一マイルほど先の地平線までつづいてる。地平線にはクレーターがあった。そこから煙がゆらゆら上がり、ときどき深紅の炎が噴きだしてる。

こうした煙の穴のなかには、いぶり火の柱が空に上ってるものもある。だから空はいつも曇ってて、赤みをおびてる。

この煙と、熱い灰と、いきなり燃えあがる火が、頭上で雨を形成してるみたい。

これが降ってくると、っていうか、いつも降ってるんだけど、「ぬれた」火のようになる。どうしてこんな場所が〈レイン・ガーデンズ〉なんて呼ばれてるんだろう。

昨日の夜、ベルトにナイフをさして歩きまわってるすごく元気な女の子——まだほんの子供で、七歳くらいなんだけど、ミョーに大人びた女の子——が〈レイン・ガーデンズ〉の話を聞かせてくれた。その子がいうには、大地が口を開いて、火が噴きだし、あたりをすっかりおおいつくすんだって。わたしたちが馬や徒歩で進んでる土地は、人の骨が粉になってこちこちにかたまってできてるんだともいった。

うわさでは、ここを通りぬけるには七日から十日かかる。わたしたちが〈レイン・ガーデンズ〉に入ってから五日。まるで悪夢。


十一日目。〈レイン・ガーデンズ〉が果てる気配はない。アルグルがまた馬で走りまわって、みんなに話しかけた。アルグルはとても冷静だった。ブラーンは馬にまたがって、アルグルをリーダーにいただいてることが誇らしいって顔をしてた。年配の人たちもアルグルのいうことには耳をかたむける。アルグルのお父さんはハルタの先代のリーダーだったし、お母さんもとても力のある女性だった。植物学者で、薬品にも通じてたんだって。魔術師とも呼ばれてた。

「アルグルが首にかけてるお守りを見たことがある?」テイルが聞いた。「あれもお母さんにもらったものなのよ」

お母さんを知ってるなんて、アルグルは運がいいと思った。身勝手に聞こえるんなら、それでもいい。わたしにもお母さんの記憶があればいいのにって思う。心から思う。

そしたらテイルがいった。「アルグルのお母さんは、アルグルが子供のころに亡くなったの」まるでわたしの心を読んで、心得ちがいを正そうとするかのように。

今日は、丘の上から〈レイン・ガーデンズ〉の果てが見えた。まだ何マイルも先。でも、そのむこうの土地もあまり希望が持てそうになかった。

ペシャムバはそっちの方角。南のどこかにある。

最初はなにかの植物でおおわれてるように見えた。厚くて、もこもこした感じ。本に書いてあったけど、溶岩と硫黄は一度積もると、土の栄養になるっていうから、この植物地帯はきっとその結果なんだと思う。

なにもかもすすけてて、腐った卵のにおいがする。

シリーも毛がぬれて、赤い縞模様になってる。いくら体をふいて、グルーミングしてあげてもとれない。


昨日の夜中、ヘンな音が聞こえた。

低くとどろく悲鳴みたいな音。

盗賊の女の子たちとわたしはぎょっとして、荷馬車から飛びだした。ほかの人たちも同じだった。いつもはおとなしい犬もきゃんきゃんほえたて、杭につながれた馬たちもひづめを踏み鳴らしてる。

その音は延々とつづき、いきなりやんだ。

わたしたちは口々にいいあった。いまのはなに？　なんだったんだ？　子供はこわがって泣いてた。まるでみんなが同じ夢にうなされて、いっせいに目を覚ましたみたいだった。

そのとき、左手の二マイルほど先で、ひときわあざやかな火山の噴火口がワインレッドの川を吐きだした。

みんながいっせいに話しだした。さっきの音は溶岩の噴きだし口から聞こえたんだ、って。溶岩が噴きだす前には、ガスがたまって変な音がすることがある。

わたしたちはそれから長いあいだ雨のなかでぐずぐずしてた。またあの恐ろしい音が始まるんじゃないかと思ったから。でも、そうはならなかった。

もう眠れそうにないと思った。でも、眠ってしまった。

ところでここ数日、昼も夜もネミアンを見てない。わたしが以前のように盗賊たちをあやしんでたなら――いまだってあやしむべきなんだろうけど――盗賊たちが、ハルタ流にいえば、「彼のともしびを消した」んじゃないかって疑ってたと思う。

でも女の子のひとりがネミアンはずっと荷馬車にいると教えてくれた。いつもいっしょのあの女の子の家族といっしょ。

ネミアンはぬれるのがいやなんだと思う。それに、きっとみんなにちやほやしてもらえるんだろうし。「あらあら、クッションをもうひとつ持ってきましょうか、ネミアン。もうひとつケーキをいかが？」なんて具合に。

ときどきそんなことを考えてると、頭がカーッとなる。それに悔しい。でも、おかしいな。ネミアンのことなんてほとんど考えてない。薄っぺらなのはわたしのほう？

その土地は割れた巨大な舗石のようだった。うしろには湿った赤い煙、行く手には影が立ちはだかってる。

雨があがる前、ネミアンが馬を走らせてきた。つややかな金の毛並みのネミアンの馬は、じめじめして暑い不気味な空気のなかをやってきて、シリーに並んだ。

「やあ、クライディ」

「ハイ」

「見た目も話し方もほんものの盗賊の女の子みたいだね」

わたしは答えなかった。

ネミアンはいった。「ぼくをどう思ってる？」

「紙に書きだしてほしい？　何ページも埋まると思うけど」

「遠慮したほうがよさそうだね。それにしても感心するよ。ここの人たちにすっかり溶けこんでる。盗っ人どものなかのプリンセスだね」

「プリンセスなんかじゃないわ」

今度はネミアンが口をつぐんだ。

馬と荷馬車とラバの列からは、車輪の音やら、叫び声やら、悪態やら、おしゃべりの声やらが混ざりあって聞こえてくる。いまではすっかり耳になじんだ音楽みたい。

「プリンセス・クライディがどうのって話はジザニアの嘘よ」わたしはいった。ほんとにそう思ってるのか、自分でもよくわからなかったけど。

「あの人は嘘なんかつかないよ」ネミアンがいった。

「そうかしら。嘘をつかないわけにはいかなかったはずよ。でなきゃ、あなたを逃がしたこともばれてるでしょう？」

「そうか。よく気がついたね。きみって、頭がいいんだな。ねえ、クライディ。きみみたいな人はほかにいないよ」

「それはどうも」

わたしはネミアンの顔を見ようとしなかった。

見れば、どうなるかわかってた。つんけんしたもののいい方ができなくなって、またしてもネミアンをたいした人物のように思いはじめてしまうに決まってる。

「クライディ、きみはここになじんでるし、ぼくもそうだ。ぼくもそれが得意なんだよ。そうやって、なんとかやってきたんだ。生きぬくためにね。ぼくを非難しないでくれよ、クライディ。次の町に着いたら、話をしよう。話さなきゃいけないことがあるんだ」

「いいわ」

前のほうでだれかが叫んだ。いよいよ植生地帯にさしかかろうとしてる。あの影のなかに。

「クライディ」ネミアンが低く、力強い声でいった。その声は魔法がかかってるみたいに脈を打ってた。「ぼくにはきみが必要なんだ。どうか忘れないでくれ」

ネミアンは去っていった。

そのあと、わたしたちは到着した。

到着したところは——

あとから思えば、〈レイン・ガーデンズ〉の名はこの場所からついたのかもしれない。そこはある種の……庭だった。森のような、果樹園のような、そんな場所。

まず草原らしきものが広がってた。黒っぽい苔が生えてて、「花」をつけた植物の茂みがある。そう、黒っぽくてしなやかな葉と、灰色がかったピンクの鐘のような莢をつけてた。黒と黄色の縞々のキノコもあった。スズメバチに負けないくらい強烈な毒がありそうだった。

「草原」には「木」が生えてた。先に進めば進むほど「木」はうっそうと茂ってひしめきあい、やがてわたしたちは庭のような果樹園のような森に分けいった。

そう。木々には幹があった。筋やこぶがあって、ツタなどのつる植物に巻きつかれてた。でも、この幹はむこう側が見通せた。半透明だったから。幹というより巨大な茎みたい。ツタやつる植物のからんでない枝には、刃のような葉がついてた。光をおびた淡い緑の葉が。実もなってた。

じつをいうと、なによりミョーなのは実だった。〈ハウス〉の〈ガーデン〉にはありとあらゆる果物や野菜が決められた区画や温室で生育してたけど、こんな実は見たことがない。

あえていうならニンジンに似てるけど、ニンジンはニンジンでも、狂ったニンジン。ねじれ放題にねじれてて、なかには丸まって輪になってるものもある。

〈ハウス〉の図書室でときどき読んだ物語では（書架のうしろに隠れて読んだんだけど、たいていは見つかってたたかれた）、へんてこりんな果物を見つけた旅人は、きまってそれを食べてしまい、体をこわす。だけど盗賊たちはだれひとりとしてこの実に手をつけなかった。子供でさえ。食べちゃいけないって知ってるにちがいない。

だから、わたしも食べなかった。そういうわけだから、この実の味や作用について、ためになる洞察をここに披露することもできない。

もちろん、このことからもうひとついえるのは、ここが〈ハウス〉で聞かされてたとおりの恐ろしい場所だってこと。〈ハウス〉によれば、〈荒地〉はこんな場所だらけってことだけど、ほんとだったのね。

木々からはしずくがたれてきた。〈レイン・ガーデンズ〉の雨とはまたちがう。ねばねばした樹液か樹脂だ。危険はなさそうだった。それで腫れたり、ちくちくしたりすることはない。でも、あっというまに樹脂まみれになった。服も、髪もべたべた。まるでジャムのなかに落ちたみたい。

木のようなものはすくすくのびてた。なかには塔のように高い木もある。〈ガーデン〉の木のように。どんより曇った空はほとんど木々におおわれて、あたりは暗かった。

ハルタの荷馬車は前より静かに進んでるみたいだった。植物が音をやわらげてるってこともあるけど、そもそもほとんど音を立ててない。叫び声も、悪態もなし。走りまわる子供もいない。馬が馬具を揺すると、馬具についてるベルやコインが鳴ったけど、乗り手がベルを押さえて音を止めてた。

さっきも書いたけど、ネミアンは行ってしまった。わたしは舌を鳴らしてシリーをうながすと、荷馬車の列のところまで行った。ローとメフメッドが横を走ってた。

「この森は何マイルもつづくぞ」ローがいった。

まだなんにも聞いてないのに。たぶんみんなが同じことをいいあってたんだと思う。この森はどこまでつづくんだ、って。

「ここは気に入ったかい?」メフメッドが訊ねた。

「あんまり」

「ぞわぞわするよな」ローがいった。「北のあの森みたいだ。覚えてるか、メフ?」

「パンサーのいた森か?」メフメッドが聞いた。

「ああ。あそこの木はおっかぶさってきて、人を引っつかんで、ぐるぐる巻きにして動けなくしたあと、何か月もかけてゆっくり消化するんだよな」

「うへっ」メフメッドがいった。

ふたりとも顔が青かった。濃緑の影が落ちてるせいかもしれないけど。

ニンジンフルーツが木から落ち、地面に当たって、気持ち悪くはじけた。

それを見てたら、ニンジンが雨のように降ってきて次々にはじけた。野菜の森はふるえてた。

長く鈍い音が地面から、空気のなかから響いてくる気がした。

「地震だ」ローが決めつけるようにいった。

頭上の枝も激しく揺れてる。つる植物がロープみたいにぴしっとうなり、ほどけて落ちた。あたりは針金のような茎と、葉と、ブキミにはじけた果物でいっぱいだった。

叫び声はさっきからあがってたけど、いまでは甲高い金切り声になってた。

森の奥からバリバリというすさまじい音が駆けぬけた。突風みたいだけど、固体の風だった。

「なにか来る！」メフメッドが叫んだ。

ほんとだ。みんなあわてふためいて、叫んでる。「どこだ？」「あそこだ！　ほら！」「いや、あっちだ――」そこへ荒っぽい耳障りな声が響きわたった。「ちがう――上だ！　上だ！」

わたしたちはいっせいに上を見た。木々の高みから悪魔の顔が見返してきた。

わたしの心臓が止まった。そんな気がした。

その顔は――

黄色っぽかった。大きな黒い目ととがった牙。黒っぽいたてがみがあって、なぜか黄金の炎のように輝いてる――

その口から耳をつんざくような雷鳴が飛びだした。その獣の咆哮だった。

馬たちはうしろ足で立った。シリーも前足を上げた。よく落馬しなかったもんだと思う。ローは落馬した。犬たちはほえた。それからなぜか静寂が訪れた。

犬たちは腹ばいになった。馬たちはふるえてる。わたしたちは石と化した。ほとんど恐怖を通りこして、ぼう然と見つめる。あとから思い出したけど、アルグルの姿が前のほうにちらっと見えた。恐ろしい獣と対決しようと、みんなと獣のあいだに立ちはだかる。対する獣は――。

こっちを見下ろしてた。

熊の像に似てるけど、熊じゃない。腕が長い。信じられないくらい長くて、しゃがみこんでる木の枝にだらりと引っかけてる。爪だけでもわたしの腕の長さくらいあった。とにかく、そう見えた。体長は人間の背丈の二倍くらいあったんじゃないかな。

全身は毛でおおわれてた。さびみたいな縞模様が入った黒い毛で、その毛皮はあたりの木々と同じようにつる植物やツタだらけ。ほかにも野生の花や、キノコや、植物が茂ってた。毛皮や茂みのなかには小動物も住んでた。たぶんネズミかヘビだろう。毛皮や茂みのあいだをちょろちょろ出たり入ったりしてるし、小さな目は光ったかと思うと、見えなくなる。小さくしなやかな体は池の魚みたいに動いた。

獣の頭部、狂気の宿る顔のまわりでは、黄金の冠がぐるぐるまわってた。というのも、その冠とは金色と緑の巨大なハエだったから。ハエたちはいつもこの悪魔の熊もどきといっしょにいるにちがいない。この獣がハエたちに気づいてるようすはなかった。同様に毛皮のなかに住みついてるほかの動植物にも気づいてないみたい。

それはひとつの世界だった。

恐ろしい顔がこっちを見下ろした。賢い顔でもあったけど、わたしに理解できる類の賢さじゃないし、理解したいとも思わなかった。

あごがのびて、また鼓膜が破れそうな恐ろしい咆哮が飛びだした。

わたしたちはだれひとりとして音を立てなかった。

獣はこっちに身を乗りだしてじっとしてる。とはいえ、共生生物たちがつねに動いてるので、全体としてもひっきりなしに動いてる感じがする。

でも、そのうちに獣はわたしたちに飽きた。長い、長い腕を上げたら、毛と葉とネズミがぽとぽと落ちた。それぞれローの大きな足くらいもある金色のハエが、楽しそうに踊りまわった。毛皮から煙が立ちのぼった。溶岩の穴から降りかかった塵かしら。

獣は木の実をわしづかみにしてもぎとると、口に突っこんだ。

それから葉と煙の雲のなかで両腕を振りあげ、高く跳んで枝から枝へ移り、遠くの木の枝につかまると、体を振って、森の影のなかに消えた。

　一時間くらいだれも動かなかったし、しゃべりもしなかった。

「猿だ」ローがいった。

「熊だよ」とメフメッド。

「猿だよ、ばかだな。熊が木のあいだにぶらさがったりするもんか」

　まわりのみんなが小声で話しだし、そのうちに大声で軽口をたたきあうようになった。アルグルは数人の男女と話をしながらも、こっちをちらちら見てる。MとRのしてることを見てるにちがいない。

　だれも死なずにすんだ。わたしはふるえながらシリーをなでた。

　やっぱり〈ハウス〉は正しかった。〈荒地〉には化け物がいる。今回のはさいわいベジタリアンだったけど。

ペシャムバ

そういうことがあったあとなので、ペシャムバの町に着いたときはほっとした。

衝撃も受けた。

ペシャムバは美しい町だ。

じつをいえば、ほかにもクマサルがいるんじゃないか、それももっとお腹をすかせてて、えさのよりごのみをしないやつとか、クマサルより恐ろしい化け物（!?）に出くわすんじゃないかとびくびくしながらも、化け物の森はその日のうちに通りぬけることができた。

森を出たのは、日が沈む前だった。それだけでもほっとした。「お祈り」を唱える人もいたくらい。お祈りっていうのは、カミサマに感謝を述べる歌みたいなもの（このカミサマがどうとかって話はいまだにぴんとこない。だれか思慮のある人に聞いてみなくっちゃ。〈ハウス〉には神も、お祈りも、神殿もなかった。その手の概念自体が存在しなかった。少なくとも、わたしは聞いたことがない）。

森を越えたら、そこは草原だった。はじめは焼けて干からびたような草しか生えてなかったけど、やがて緑が一面に広がり、ついには虹色になった。

日が沈むころ、わたしは丘の上に立った。遠くのエメラルドグリーンの草原にうっすら藤色と青とバラ色のもやがかかってる。

「野生の花だよ」ナイフを持った七歳の女の子がいった（この子はダガーと呼ばれてる）。

「へえ」わたしはいった。

いったいどういうこと？〈ハウス〉では、化け物と砂漠と罪人の話は聞かされてた。これは当たってた。でも、〈ハウス〉は、緑と花があるのは〈ハウス&ガーデン〉だけだともいってた。

ジザニアはちがったけど。でも、いまはなんだかジザニアも信用できない。

「前にもここに来たことがあるの？」わたしはダガーに訊ねた。

「ううん。普段はこっちへは来ないんだ。北部や東部のほうがいい取引ができるもん」

きっと略奪に適してるって意味ね。

わたしもそこは礼儀と心得て、そんなことは口に出さなかったけど。

「野生の花をたくさん見たことがあるのね」

「だいたいの花は見たよ」ダガーは自慢げにいった。

わたしの知るかぎりでは、ほんとなのかも。

その夜、草原でキリギリスが鳴いた。

朝になると、ハルタは旅をつづけた。わたしたちは花の咲く緑の野を進んだ。すばらしい眺めだった。ヒナユリに野バラ、サンシキヒルガオやユリの群生。かぐわしかった。振り返れば、影の森はすべるように遠ざかってく。

やがて前方に町が見えてきた。

自分の目が信じられない。まるで宝石みたいだったから。

でも、近づけば近づくほど、美しさは増していく。

屹立する淡い色の壁のてっぺんは金でできてる（正確にはちがう。薄い金箔をかぶせただけ。でも、とにかく金）。窓はキャンディみたいにきらきらしてた。窓のむこうは色であふれてたから。丸屋根もあった。ロウソクをともしたランプのように白く透きとおってる。金の模様がついたルビー色や、ターコイズブルーの屋根もある。

盗賊たちも見とれてた。ペシャムバのうわさは聞いてたのに。

ネミアンはどう思ってるんだろう。ネミアンがちらっと話してたけど、彼の町はほかのどんな場所よりも格段にすてきなところらしい。ここよりすてきなところなんてあるのかな。

近づいてみると、壁は家を五つ積み重ねたより高そうだった。壁のむこうにはもっと高い壁がそびえてた。

正面には、きらきらした青いエプロンみたいな湖があった。ペシャムバはそのなかに建ってるように見えたし、一部はそうだった。町の鏡像が水に浮かび、その上にペシャムバの町が浮かんでる。水と空のあいだに。

「あの水は飲めるの？」ダガーに聞いたら、ダガーは肩をすくめた。答えを知らないときのダガーの癖。「わたしが知らないんだもん。そんなのどうでもいいことだよ」といいたげ。

とにかく湖に着いたら、盗賊の半分がシャツとマントと上着と装飾品を脱ぎ捨てて、泳ぎだした。女の人たちは柳のあいだにもっと静かな場所を見つけた。

城壁からだれか見張ってるのかな。わたしたち、侵入者だと思われてない？　でも、あとで石橋まで来てみれば――書きわすれてたけど、湖には橋がかかってた――城壁の門は開いたままになってた。

門のむこうには大理石を敷きつめた細い道があった。そこに巨人が立ってた。身長は人の一・五倍くらいある。

金属製の制服に身を包み、手には大きな斧を持ってた。かぶとは金で、白い羽根がついてる。顔は金の仮面ですっかり隠れてた。

わたしはハルタのみんなの先頭近くにいたから、アルグルが馬にまたがって、いかめしく巨人を見てるのが目に入った。

また〈ハウス〉の本を思い出して、メフメッドに聞いた。「この巨人と戦わなきゃいけないの？」

「ごめんこうむりたいね。あんなデカブツ相手じゃあな」

そのとき、巨人が口を開いた。

「名前は」

すごく変わった声。仮面のせいでヘンに聞こえるのかしら。

アルグルが大きな声で答える。「ハルタだ」

「用件は」

「旅行者」アルグルが答えた。それから軽い調子でつけくわえた。「観光客」

巨人が斧を下ろした。

「ペシャムバで害をなさぬかぎり、ペシャムバも害を与えぬ」

ハルタは大所帯だ。わたしたちは押しあいへしあいしながら門をくぐった。荷馬車も、動物たちも。巨人は大理石の壁につくられたアルコーヴみたいなところに退いた。

ローがそこにいた。

「こいつと対決する気にゃなれないな」

テイルがやってきた。テイルの馬にまたがってた小さな女の子たちのひとりを抱きあげる。

（ハルタの子供たちは四、五歳で馬に乗れるようになる。だからアルグルはわたしを年増みたいにいったのね）

「聞いたことあるわ」テイルが巨人のほうを示した。「機械じかけなんだって」

ローが鼻を鳴らした。巨人のほうに近づく。

「よう、兄弟。お人形さんなんだって？」

ギーと音を立てて金の仮面がローを見下ろした。ううん、仮面じゃなかった。金色の塗料をぬった金属の顔。返事はなかった。

ローはあとずさった。

わたしたちは先に進んだ。細い道の突きあたりにあった、さっきより広い門をくぐった。

ここには二列にずらっと並んだ衛兵たちが直立姿勢で立ってた。肩に斧をかつぎ、緋色の制服に身を包み、モールや肩章や拍車やスパイクや金属板におおわれてる。でも、この人たちは巨人じゃなかった。背丈はわたしとたいして変わらない。

わたしたちが通りすぎると、斧の柄を勢いよく地面に下ろして、捧げ銃のポーズをとった。

「この人たち、どうかしてるんじゃないの？」わたしは訊ねた。

テイルがいった。「ううん。攻撃してくる者がいれば、この衛兵たちは大暴れするわ。けがもしないし、だれにも止められない」

どうしてそんなことを知ってるの、とわたしは聞いた。

「ああ」テイルはいった。「うわさよ」

さらに通路や門をいくつか通った。どの門にも機械じかけの衛兵がいた。なかには銃床に銀をはめこんだライフルを持ってるロボットもいる。〈ハウス〉の衛兵より見栄えがするのはたしか。最後にわたしたちはごちゃごちゃと大きな庭になだれこんだ。ここの人たちは「公園」と呼んでたけど。

空をおおう青いヒマラヤスギやオリーヴ色のヤシの木。黒いつやのあるふさを美しく形づくったイトスギの木。噴水。列をなして芝の上をのんびり歩く真っ白なアヒルたち。

アルグルが列のうしろにむかって馬を走らせてく。

「知らないようならいっとくが、ここでは気をつけろよ」アルグルがローにいった。ローはむさぼるような目でアヒルを見てる。

「あれを見ろ、ロー」アルグルが指さした。ウスベニタチアオイみたいなピンク色をしたスリムな塔の上で、なにかガラスでできたものがゆっくり回転し、太陽に輝いてる。

「ここの連中はすべてに目を光らせてるんだ。あれが見えるか？　あれがおれたちを見てるんだ」

「なんだ、あれって？」

「あれさ」

この情報は人と荷馬車の列に伝えられた。

公園のむこうに人影が見えた。豪奢な衣装で歩きまわる人たち。光沢のあるシルクの服でボール遊びをする女の子たち。

　ブラーンがあらわれた。

「あれに気をつけろ、ロー」

「わかった、わかった」

　公園には大きな建物があった。まわりと内側に庭がある。建物はあふれんばかりに超満員。〈トラベラーズ・レスト〉って名前の建物だった。

（わたしにとっては）珍しい動物を見かけた。馬じゃなくて、「シマウマ」っていうんだって。黒と白の縞々模様で、見てると頭がくらくらする。車を引くクルミ色の「牛」も三組見かけた。テントが張られ、そのまわりに荷車や馬車が並んでる。庭には色とりどりの洗濯物がはためいてた。井戸があって、池があって、装飾的な噴水があって、どれも人でにぎわってた。

　嘘みたいな騒がしさだった。千もの言語が飛びかってるみたい。

　包みを抱えて階段を上がっていくと、壁のむこうに町がさらに広がってるのが見えた。宝石の丸屋根。金の鐘がある細い緑の塔。広場。道路。ケーキみたいに飾りたてた建物。日の光を浴びて淡く光る色、色、色。そして庭園。どこにでも庭園があった（あのくるくるまわりながら輝くクリスタルももうひとつ見えた）。

　ハルタや普通の人たちや動物のにおいのほかに、スパイスや料理、タバコのにおい、ワインや花のにおいがする。それから太陽を浴びたレンガの建物のにおいも。太陽なんて、半分忘れかけてたわ。

わたしたち女性陣は、すごく大きな部屋を与えられた。〈レスト〉に滞在してるほかの女の人たちと同じように、すぐに服や下着やシーツを洗って、窓からたらした。窓に干しきれなかったぶんは、たる木に干した。

バスルームに並ぶ列は長かったけど、並んだかいはあった。

盗んだハーブや香水で香りをつけた、ひんやり冷たい水の心地よさもすっかり忘れてた。ここではハーブや香水を「買う」ことができる。ううん、わたしは買えなかったけど、テイルが買って、少し分けてくれた。あと、石けんとか、いいにおいをさせてくれるものをいろいろ。

わたしは髪を洗った。この前は赤い雨で洗った（シリーの毛づくろいに行ったけど、もうすんでた。〈レスト〉には専任の馬の世話係がいる。それでアルグルがお金を払って、全部の馬と犬の世話を頼んだみたい。ハルタが飼ってる猿二匹まで、ブラシをかけてもらって、バナナエッセンスのにおいをさせてた）。

はじめのうち、町の人たちとここにつめこまれてる人たちの見分けはなかなかつかなかった。

この町の人たちは、ほかのみんなと同じで、混血みたい。でも服はきまって目の覚めるようなシルクでできてて、すばらしい色をしてる。だから、いまではペシャムバ人を見分けられるようになった。そうそう、町の人たちは仮面をつけてるときもある。顔全体をおおうんじゃなくて、目の部分だけ。ファッションなのよね——そのほうが、この町にあふれてるらしいロボットに似るからかな。

わたしたちの部屋は楽しい気分に浮きたってた。今夜はお祭だから（トリ族のことを思い出して落ち着かない気分になったけど、そういうお祭とはぜんぜんちがう）。荷馬車の大きな整理だんすが開けられて、びっくりするような衣装が出された。これならペシャムバ人の服にも張りあえる。

女の子のひとりが、ドレスをくれるといってきかなかった。「プレゼント」だって。刺繍と銀の円形の飾りがついた紺のドレス。わたしがそれを着ると、みんなが拍手をしてくれた。わたしは照れくさいやら、感激するやら、なんだか腹立たしいやら。ヘンな組みあわせだけど、ネミアンのことで同情されてる気がしたから（つけくわえれば、ネミアンはもう町へくりだしたんだって）。

鏡を見たとき、このドレスを着た自分はなかなかステキだと思った。

わたしたちはメークをしあった。目のまわりを黒く縁どって、おしろいをはたいて、唇には香りつきの口紅をぬった。

「きれいよ、クライディメーメー！」みんながまわりで小躍りして叫んだ。わたしはほんとに注目の的だった。

ほかの子がシルバーとサファイアのイヤリングをくれた。ほんもののサファイア。

「ハルタイ・シューラ！」みんなの声が高くなる。

「ハルタのダーリン」（!!）って意味にちがいない（でも、どうして？）。

わたしたちはメインホールで昼食を食べた。そこで食べ物を「買う」ことができる。パンケーキと野菜。そのあと部屋でみんなが荒っぽいハルタのダンスのステップを教えてくれた。駆けたり、足を踏み鳴らしたり、頭を振ったり（馬みたい）。

こんなに笑ったのって久しぶり。みんなしてばかみたいに大笑いした。

ちょっぴり罪悪感。思い出しちゃった。〈ハウス〉では不快な規則にしばられて、いろいろひどい目にもあったけど、デイジーとパットゥとわたしはそんななかでも笑いを見つけて、はしゃいだものだった。

でも昼をまわって、太陽は沈みはじめてる。そろそろお母さんの美しい名前が示す時刻になる。どうしようもない。今夜は楽しみたい。

ネミアンは――もういい。あんなグラルプス。これも口の悪いハルタが使う言葉。そう、グラルプス。

わたしを気に入って、踊ってくれる人くらいいるだろう。だれかわたしの手をとってくれるはず。心配なんてしなくていい。相手がだれでも気にしない。だれかいるはず。今日はそういう夜だもん。どうせプリンセスなんかじゃないしね。あれは嘘。そうよね？


歌の詞にこんなフレーズがある。雲に隠れた月。

どう説明したらいいんだろう。

なんとかやってみるけど、どうか、どうか、見知らぬ架空のお友だち、辛抱強く話を聞いてね。ややこしい話なの。


日没前の光のなかに大きな広場があった。まわりを高い優雅な建物がかこんでる。公園が見えて、濃緑にかすむ木々が生えてて、むこうのほうには、金色がかったオレンジ色の実をつけたオレンジの木もあった。広場の東の端には階段があって、上がっていくと、アンズ色の大理石の舗道に出た。そこには白く高い塔が建ってる。塔のてっぺんには時計があった。正確には、ＴＯＫＥＩが。

広場に下ろして大きさを測ったら、〈ハウス&ガーデン〉の〈アラバスター・フィッシュの池〉くらいあるにちがいない。ほんとに大きい。

ＴＯＫＥＩは金と銀のフレームにはまってる。前面には三体の彫像が立ってる。実物そっくりだけど、すごく大きくて、色がぬってあって、金箔がかぶせてある。ひとつは女の子で、ひとつは男の人。そのまんなかにうしろ足で立つ白い馬。馬の額からはクリスタルの角が突きでてる。あとで気づいたんだけど、この馬には折りたたんだ銀の翼もあった。

広場に着いたとき、人々が塔の最上階の小さな窓から身を乗りだして、つりさげたランプに火をともしてた。

広場は人でいっぱいで、ペシャムバ人からも、ほかのみんなからも歓声があがった。わたしたちも歓声をあげた。理由はわからないけど、そうするのが礼儀だと思ったから。

ブラーンがあらわれた。ダークレッドの模様つきのブーツを履いて、イヤリングをつけた姿は、すごくカッコよくて、目立ってる。

「やあ、クライディ。あの時計は気に入ったかい?」

「すてきね」

「彼らはあれを崇拝してるんだ」ブラーンはいった。

「え?」

「ペシャムバ人だよ。連中はあの時計を崇拝してるんだ」

TOKEIが……神なの？

でもブラーンは行ってしまった。TOKEIの表面でやわらかい明かりがまたたき、そのまわりでもほかの明かりがともってる。

空が青く、濃くなった。たそがれどきだ。星が出てる。

長いテーブルが並んでて、おいしそうな食べ物が置いてあった。色も盛りつけもステキ。見たことのない果物もあった。冷えたワインやジュース、あるいはジュースで割ったワインがガラスの水差しに入ってて、ルビーやトパーズやヒスイのようにきらめいてた。

ダガーが人混みのあいだをすりぬけてきた。緑のドレスを着て、トンボみたいな形のペシャムバの仮面をつけてた。

「みんなタダなんだよ」とささやく。「お祭だから」

ダガーはお皿をつかんで、食べ物を山のように積みあげた。こんなに食べるところは見たことないくらい。それから走り去った。

でも、そのころには広場のまんなかがあけられた。ダンスが始まろうとしてる。どうやら今夜この広場でおこなわれる催しは、TOKEIを称えるためのものらしい。

盗賊の女の子のひとり、トーイがわたしを引っぱった。

「いらっしゃいよ、クライディ」

「でも、踊れないのよ」

「何時間もかけて教えてあげたでしょ、クライディメー」

「でも、あれはハルタのダンス――」わたしは弱々しく抵抗した。

「ハルタのダンスもあるのよ。旅行者のためのダンス曲も演奏してくれるんだから。それにペシャムバのダンスも三曲教えてあげたじゃない」「でも――」「ハルタは前にもここに来たことがあるのよ。覚えてる?」

ステップなんて、ひとつも思い出せないし、恥をかくに決まってる。

でも、どこかで楽隊の音合わせが始まるとすぐに、昼間〈トラベラーズ・レスト〉で女の子たちがうたってくれたメロディだと気づいた。

気がついたら、広場のまんなかにいた。テイルとトーイにはさまれて、笑いさざめく女の人たちと列をつくってた。

列にちらっと目をやったら、楽しくなってきた。みんなきらきらして、笑ってたから。ペシャムバの女の子たちは、ガラスやほんものの宝石を縫いつけた服を着て、猫や蝶の仮面をつけてた。盗賊の女の子たちは、コインをちりんちりん鳴らしてた。それから、わたしの知らない――存在さえ知らなかったありとあらゆる場所から集まってきた女の人たち。少なくとも、これだけはネミアンに感謝。こんなふうに自由を満喫して、いろんなものを見ることができるんだもん（ところで、ネミアンはどこ……？）。

察しはつくと思うけど、反対側の男の人の列は見ないようにしてた。今回はたいして問題じゃなかったし。このダンスでは三回、パートナーが変わる。

それでも。

楽隊はむこうにいた。あのふさ飾りのついた天幕の下に。弦楽器やフルート、チェロみたいな楽器、ドラム二台。そしていきなり二枚の銀の薄板が打ち鳴らされて、ダンスが始まった。

顔を上げたら、ローの楽しそうな、（早くも）かなりできあがってる顔があった。

ものすごくほっとすると同時に、がっかりした。

だけど、よそごとなんて考えてる暇はなかった。

わたしたちはダンスを始めた。

ローとわたしはみんなと同じようにおたがいにくるくるまわっては、手をつないで横に走った。

それから手をつないだまま、くるっとまわった。

興奮と熱狂に満ちた声。

わたしたちは手を離して足を踏み鳴らし、腰に手を当てて、誇り高い馬みたいに頭を上げた。

今度は女の人がみんなで手をつないで、その場で軽く地面をたたくようにステップを踏む。男の人たちはそれをふんぞりかえって見てる。

そのあと、わたしたちはうしろに下がり、ダンスのリズムに合わせて手をたたく。男の人たちはペアを組んで戦いのまねごとをする。

ローの右にいたバジャーがうっかりローの鼻に手をぶつけた（そうなるはずじゃなかったんだけど）。

ローはよろめいて、左の男の人――っていうのは、メフメッドだったんだけど――とメフメッドの敵役にぶつかった。

「おい――このトロンカー――」

メフメッドは足がもつれて、べつの男の足を踏んだ。この男は盗賊でもペシャムバ人でもなかった。髪は、ポニーテールにしてうしろで揺れてる部分をのぞいて剃ってあった。男はうなり声をあげて、青くぬったこぶしをメフメッドの顔にめりこませた。

次の瞬間には、男が三、四人、地面にころがって悪態をつき、足をじたばたさせた。盗賊の女の人ふたりが――それから、頭を剃って、髪の残ってる部分だけポニーテールにした若い女の子も――男たちを引きはなそうとした。それとも恐ろしげな金属の飾りボタンつきの肩章でたたこうとしてるだけ（あるいはその両方）？

ハルタの女の子たちはけんかには慣れっこで、笑いだした。でも列に並んでたペシャムバ人たちはとりみだしてるみたいだった。楽隊は演奏をつづけてたけど、ダンスはだいなし。

次の瞬間、人混みのなかにスペースができた。まるで風が草原の花のあいだを吹きぬけたみたい。見張りのクリスタルがあちこちの建物の上で回転してるのは見かけてた。クリスタルはたしかに見張ってたらしい。というのも、人とオレンジの木をかきわけて、機械じかけの衛兵六体が門からやってきたから。

「まずいわね」テイルがいった。

トーイが陰気にいった。「わたしたち、処罰されるわよ」

わたしはロボット衛兵の二体がライフルをまっすぐこっちにむけてることに気づいて、ぞっとした。

そのとき、べつの声がトランペットみたいにやかましく響きわたった。わたしにはなんの声かわからなかった。こんな声は聞いたことがなかったから。金属の立てる音みたいだった。

でも、すぐさまローとメフメッドが跳ねおきた。ふたりと組みあってたポニーテールの男ともうひとりはまだ地面でばたばたしてる。

ロボット衛兵がすぐそばまでやってきた。

機械じかけの胸から耳障りな人間らしくない声が命令した。

「争いをやめよ」

「やめてるだろうが」ローはむっとしていった。

「黙ってろ」メフメッドがつぶやいた。ポニーテールの男のげんこつを食らって、頬に青あざができてた。

でもポニーテールともうひとりは体を離すと、ぱっと立ちあがった。ふたりは警戒するように衛兵を見つめた。

楽隊も演奏をやめ、静寂が広がった。

恐ろしいロボットはなにかを訊ねてた――たぶん同じことを何度も、何度も、いろんな言語で。それが恐ろしかった。最後に「和解をしたか」と恐ろしいロボットは訊ねた。

「ああ、もちろん、完璧に。みんな愛してるよ、なあ、メフ?」

「ああ、愛してる」

ポニーテールの男も、もうひとりの男も、すでにほかの言語で聞かれたときになにかもごもご答えてた。このふたりもたぶん、みんなが好きだと答えたんだと思う。

そのとき、緋色と金色の服を着た男の人が、わたしたちとライフルのあいだに割って入った。ダンスの列のむこうから走ってきて、息を切らしてる。大声で叫んでたせいもある。

「誤解だ」彼はライフルや斧を持ったロボットたちにいった。「心から謝罪する。こんな騒ぎは二度と起こさない」

わたしはけんか騒ぎのなかに響いたのが彼の声だとは気づいてなかった。ローとメフメッドを止めたあの声。あんなふうにふたりを止められるものはほかになかっただろう。いまの声も、いつもとぜんぜんちがって、クリームをたっぷり混ぜたみたいな声。

ライフルが下げられた。

「ペシャムバで害をなさぬかぎり」衛兵ロボットがいった。「ペシャムバも害を与えぬ」

なによりヘンだったのは、オレンジの木に実ってたオレンジがいくつかぱかっと割れて、機械じかけの鳥がランプの明かりのなかに飛びたち、くるくる旋回したこと。たぶんただの偶然だろうけど。

それでも、ぎょっとした。だけど、衛兵たちはきびすを返し、また整然と歩み去った。

ポニーテールの女の子がポニーテールの男に強烈なビンタを食らわせた。男はすくみあがった。女の子が男に浴びせてる言葉が理解できなくて感謝。

ローとメフメッドは笑った。

音楽がまた始まって、破れた縫い目をつくろったみたいに、人がまた集まってきた。ダンスが再開されて、またしてもわたしは驚かされた。

どうやらパートナーをチェンジするときだったらしい。

豪華な赤い衣装に身を包んださっきの男の人がわたしの手をとると、あっというまに踊ってる人たちの列の横を移動していった。わたしがほんとにステップを忘れてしまったのか考える暇もなかった。

パートナー・チェンジ

「わたしが騒ぎを起こしたわけじゃないわよ」

「きみが起こしたほうに賭けるね。なにしろトラブルメイカーだからな」

わたしたちは足を止め、手をつないだまま、その場でくるくるまわった。

男女の列が音楽に合わせて手をたたいた。

彼は笑顔だった。

アルグル。

こんなにすてきなアルグルを見たことはなかった。髪はペシャムバ製の黒いシルクみたい。赤はアルグルによく似合ってた。それにあの黄金――

アルグルがわたしのウエストをつかんで、踊りながら高々と抱きあげた。わたしはダンスのステップがまったくわからなかった。なにもできずに、ただアルグルのすてきな笑顔を見下ろすばかり。

日に焼けた顔のなかで輝く歯はとても白くて――

今夜のアルグルは楽しそう。生きてるって感じ。

わたしは笑いださずにいられなかった。頭をのけぞらせ、星が渦巻く空を見て笑った。アルグルはわたしを地面に下ろすと、わたしがまたバランスをとれるように支えてくれたけど、そのあいだもわたしたちは踊りつづけた……。

じつをいえば、曲はもう変わってた。

女の子たちに教えてもらったペシャムバのダンス。手をとりあって、単純なステップを踏みながら、ゆっくり踊る。おたがいの顔を見つめながら。

だれもわたしを選んでくれないんじゃないかって不安だったダンスだ。

「トラブルを起こす気はないわ」わたしはいった。

「おいおい、クライディ」アルグルはいった。「無理だよ。やめとくんだな。トラブルを起こすのは、きみみたいな小鳥の得意技なんだから」わたしは顔をしかめた。でも、いやじゃなかった。侮辱されてるのに、侮辱に感じない。「変わらないでくれ。きみはすてきだ」

このダンス曲には歌がついてた。雲に隠れた月の歌。月の雲に惑わされるって歌詞。

空はもう真っ暗で、アルグルの頭のむこうに星が見える。それからランプや、空を舞う機械の小鳥も。

楽しそうに騒いでる人たちが一気に遠ざかった。背景にバラ色のカーテンを下ろしたみたいなムードの夜。

この人のこと、知ってるわ、とわたしは思った。自分のことと同じくらい知ってる。でも、知らない。彼のことも、自分のことも。

わたしたちはどのダンスもいっしょに踊った。

ときどき離ればなれになるダンスもあったけど、あとで必ずまたいっしょになった。するとアルグルがわたしをぎゅっと抱きしめた。そのとき、なにもかもうまくいくって思った。

いままでそんな気持ちになったことはなかった。

たぶん今後もないと思う。


真夜中になると――あっというまに真夜中になったんだけど――TOKEIが魔法をかける。

突然、楽隊が演奏をやめた。広場にいた全員が地元のペシャムバ人にならって、TOKEIを見上げた。

いきなり不思議な音がした。巨大な鍵を錠にさしてまわすみたいな音。すると、高くて白い塔からぽろんぽろんと音楽が流れてきた。

TOKEIの三体の人形が動きだした。

女の子の人形はさっきのわたしみたいにくるくる踊った。男の人形がおじぎをし、手をのばしてクリスタルの角がついた馬をなでると、その瞬間に馬が翼を広げた。

そのあと人形たちはＴＯＫＥＩのうしろに隠れ、反対側からべつの人形が出てきた。杖にもたれかかる老人と、高いヘッドドレスをつけたオールド・レディと、化け物じみた獣。体がライオンで、三匹のヘビを結んだみたいなしっぽと、鳥の頭をしてる。

老人は堂々と杖を掲げてあいさつし、オールド・レディはほっそりした両手を上げる。獣が口を開けて火を吐き、黄色い火花の滝が流れた。

下に集まってた人たちの多くが驚きの声をあげた。でもペシャムバ人は、自分たちの神であるＴＯＫＥＩをいとしそうに見上げ、喜びの吐息をついただけだった。

わたしは小声でアルグルにいった。「すごいわね。でも、本気であれを崇拝してるの？」

「ああ」アルグルはいった。

「どうして？」

「ペシャムバ人はあれを美しいと思ってるし、神は美しいものだからさ」

どういうわけか、そのときはその言葉にとまどいも感じなかった。

「なるほどね」わかったつもりでそういった。

「それに」アルグルがいった。「少しだけ注意を払いさえすれば、時計は動きつづけるといわれてる。宗教に必要なのはそれだけなんだ」

「宗教……」

「あれを崇拝し、信じる心のことだよ。それが完璧な存在を完璧なものとして保つために必要な、ただひとつのささやかな仕事なんだ」

音楽がやんで、新しい人形三体が止まった。深夜から日の出まで町の人たちに顔を見せてるのは、この三体。そのあとまた人形が入れかわるけど、そのときは音楽は鳴らない。

ＴＯＫＥＩのショーが終わったとき、ペシャムバ人はお祈りをやめた（お祈りって、怒ったときや絶望したときだけにするものじゃないのね。ただの楽しみでお祈りするときもあるみたい）。アルグルが緑のワインのゴブレットを持ってきてくれた。

そのとき突然、わかった。はじめてアルグルを見たとき、どうしてあんなにこわいと思ったのか。アルグルはすごくたくましくて、力強かったから。すごく存在感があったから。

そのあと、わたしたちはＴＯＫＥＩの広場を出て、町を歩いた。なぜということもなく。

通り沿いには木々が生え、涼しくて、花の香りと、埃と闇のにおいがした。

また公園があった。桃色のランプが枝からぶらさがってた。

わたしたちは、椅子の形に整えられた大きな茂みの下の、茂みみたいな形の大理石のベンチに座った。

「まあ、見て」わたしはいった。「また機械の人形よ！」

それは幻想的な鳥で、公園のランプの明かりで青く輝いてた。流れるような尾を一度に立てて扇のように広げた。緑に青緑、紫、金色——

「ちがうよ、クライディ。あれはクジャクだ」

「ほんものなの？」

「ああ。きみと同じようにほんものだ」

「今夜はほんものって気がしないわ。ほかに町が存在することも知らなかったのよ」

「子供のころに」アルグルがいった。「ペシャムバのことは母が話してくれた」

「そうなの？」

「時計の文字盤には文字が書いてある。塔の上からじゃないと見えないがね。どんなことにも時間は十分にある、って書いてあるんだ」

「ほんとに十分にあるのかしら」

「そう願いたいね」

わたしはおそるおそるいった。「わたし、あなたのお母さんに会ったことないわよね」

「ああ。八年前に死んでるから。おれは十歳だった」

すごくかわいそうな気がした。実際、かわいそうだった。なんだかトワイライトを思い出す。行方不明のわたしのお母さんを。

「残された者はみんな残念に思ってる。いろんな知識を身につけてる人だったからな。薬草のこととか、薬品のこととか。魔女と呼ぶやつもいる。だが、母はそんなものじゃなかった。科学に通じてたんだ。透視力はあったがね」

「とても残念ね」

「なんなの、それ」

「ほかの者には見えないものが見えたんだ。ときには未来もね。これも母がくれたんだが――」アルグルは首を指すしぐさをした。それから言葉を切った。「お守りなんだ。おれたちはそう呼んでる。だが、これには不思議な力があって、いろんなことを教えてくれるんだ」

「それ、覚えてるわ。ガラスでできてるお守りでしょ?」

「いや、ガラスに見えるだけだ」

「あのときも見てたわよね……」わたしは口ごもった。「ほら、あのとき。わたしたちを襲うつもりだと思ったの」

「おれたちは盗賊じゃないよ、クライディ」アルグルはいった。「そう呼ばれてるがね。盗みを働いたことがないとはいわないが、仲間を守るためでなければやらないし、貧しい人から盗んだことはない。同じ理由から戦ったり、人を殺したりすることもある。しかし、好きでやってるわけじゃない。信じてくれるか」

「ええ」

アルグルはしばらくのあいだ、わたしを見つめた。月は夜遅くに昇って、空にあった。アルグルの黒い目の輝きが増してる気がした。それとも月は……雲に隠れてたのかも。

「はじめてきみを見かけたのは」アルグルがいった。「チャリオット・タウンのあの乾燥した、古い公園だ。きみはあいつといっしょだった。あのお上品でご立派な友だちと」

「ネミアンよ」

「そう、そいつだ」

「わたしは気づかなかった――」

「ああ。おれとブラーンだけだったからな。町を歩いてたんだ。ヒツジ族と取引はあるが、信用してたわけじゃない。仲間が追いついてくる前に安全な町かたしかめておきたかったんだ。おれたちは少々――人と変わって見えるから」

「それで、わたしを見かけたの?」

「ああ」

アルグルがそれきりなにもいわないので、わたしのほうからいった。「わたしがトリ族に売られそうになってたことには気づいてなかったのね」

「気づいたのは、きみたちが出発したあとだった。それで追いかけたんだ」

「どうして？」

「なぜだと思う？」

わたしは遠慮がちにいった。「人助けをするため？」

もちろんアルグルにこういってもらいたかった。「きみがあんまりすてきだったから、そうしたんだよ、クライディ」

アルグルはそんなことはいわなかった。自分の鼻を見下ろすようにして、わたしを見てる。その目は輝き、月は白く、アルグルの頭のうしろの木々のあいだに浮かんでる。

実際にアルグルがいったのは、こんな言葉。「おれたちのところにとどまらないか。シリーといるきみを見るのは楽しい。馬に乗る天腑の才能があるんだな。それにきみはどんな服よりハルタの服が似合う。おれたちの暮らしむきは悪くない。自分たちの面倒は自分でみてるし、可能なときは他人の面倒もみる。おれたちといっしょなら、なにも恐れなくていい。飢えも、渇きも。それに危険も。おれたちはつねに旅してる。どこにだって行く。世界には巨大な海があるって知ってたか、クライディ？　どうだい？　見渡すかぎり何マイルも水と空しかないんだ。変わった動物もいる。見たら、悲鳴をあげるだろうな。おれたちの家族になってほしいんだ、クライディ。このままとどまってくれ」

ドキン、ドキン。心臓が喉から飛びだしそう。

声も出なかった。

ネミアンのことを考えた。〈ハウス〉のことも。信じてたけど、信じちゃいけなかった人たちのことを。

「わたし――」

月が青くなり、目を閉じるみたいにまたたいて消えた。わたしは注意をそらされて、月を見つめた。氷のように冷たい波がわたしに、世界に押しよせてきた。

湿った銀のようなものが顔にかかった。

アルグルが立ちあがり、わたしも立たせた。

「これ、なに？」

「雪だよ。まったくいまいましい天気だ」

「なんなの――」

「あとで話す。いまは走ろう」

公園は飛びたつ影や甲高い叫び声であふれた。げらげら笑う声も聞こえた。ふたりきりだと思いこんでたカップルも大勢いた。そこへ――

白いものが空から降ってきた。

しばらくして、わたしたちはあたりをおおう白いもののなかを走りだした。まるで羽毛みたい。

あのいまわしいいけにえのドレスの羽根がむしられて、顔に飛んできたみたいだった。

広場に着いてみれば——どっちをむいても、走る人だらけ——人々がオレンジの木を寒さから守るために室内に運んでた。

わたしはこの夜も同じように室内に運びこみたかった。

でも、夜はわたしたちのもとから飛び去ってく。これは新しいダンスだった。あまりに速すぎる。わたしたちは〈トラベラーズ・レスト〉までいっしょに走った。手に手をとって。そこまではけっこう距離があったはず。

でも〈レスト〉は、なかに明かりがともった終点のようだった。窓は赤々としてた。叫び声と雷鳴。どこもかしこも大騒ぎだった。

「クライディ——明日、ここで会おう。日が昇った一時間あとに。あの木のそばで。いいか？」

「ええ——ええ——」

雪のダンスのなかにアルグルは消えた。


朝になったら、アルグルが会おうといったあの木、緑のロウソクの火みたいな形をしてたあの木は真っ白。丸くて白い雪のボールになってた。

ときにものごとはこんなふうに大きく変化する。たったひと晩で。

とにかく、朝、あの木を見る前にすべてが変わった。

あの夜、階段を上がって女性用の寝室に行ったら、だれもいなかった。

アルグルが行かないでくれたらよかったのに。でも、アルグルはいろんなことに目配りして、馬がだいじょうぶかたしかめなくてはいけない。ブラーンも外に出てるんだろう。ブラーンの彼女もわたしと同じ気分でいるんだろうな。つまり、それって、アルグルとわたしが――？

じつのところ、それ以上考えを進めることはできなかった。

窓辺に立って、ペシャムバの町に雪が降りつのり、あちこちに白い山をつくって、すべてを変えていくのを見つめてた。やがて静けさが訪れた。こんな静けさは聞いたことがない。

〈ガーデン〉に雪が降ったことはなかった。たぶんあの地域では雪が降らないか、〈ガーデン〉が暖かすぎたんだと思う。

正直な話、わたしは幸せだった。それにこわかった。起こってもいないことを起こったと思いこんでるんじゃないか、って。ほんとにアルグルはあんな目でわたしを見たの？　アルグルはわたしにいっしょにいてほしいとはいわなかった。ただハルタのところにとどまらないかといっただけ。

わたしもそうしたかった。そうよね？　もちろんそう。でも――わたしは自分が知ってた唯一の生活からネミアンといっしょに逃げてきた。それにネミアンを愛してた。それなのに今度はまたべつの方向に逃げようとしてる。それが一度目のときより分別のある決断だといいきれる？　一生こんなふうに場所から場所へ、人から人へ逃げて暮らすの？　そういう人生ははらはらどきどきの連続だと思う——たぶん。でも、そんなの疲れるばかりで、不毛でもある。

雪が舞い、わたしの思考はぐるぐるまわった。そうこうするうちに、だれかがドアをノックした。なかに入ってこないので、わたしがドアを開けた。

思わず飛びのいちゃった——そう、ちょっぴりパニックしてしまったほど。ドアの外にいたのは、ネミアンだった。

ネミアンは新しい服を買うか、もらうかしたみたい。黒と金色。ネミアンははっとするほど、そしていやになるほどハンサムだった。顔がひどく蒼ざめてた。

「クライディ——なかに入っていいかい？　それかちょっとだけ外に出てきてもらえるかな」

「ここにはわたししかいないわ」うっかり口がすべった。

わたしはネミアンを部屋に入れた。

ネミアンは部屋を見まわした。盗賊——じゃなくて、ハルタの——女の人たちの荷物がそこらじゅうに置いてある。

ネミアンがまたわたしのほうを見た。

「今夜はお楽しみだったの？」わたしは意地悪く訊ねた。

「いや、あんまり。きみを探してたんだ」

「そんなに遠くにはいなかったけど」

「だろうね」ネミアンは口をつぐんだ。それからいった。「今日は遊び歩いてたわけじゃないんだ、クライディ。気球のパイロットを探してた。以前はペシャムバにも気球で旅をする人がいたからね。いまはちがうけど」

わたしはうなずいた。なんとか礼儀正しく、あいまいな態度をとろうとしたんだけど、冷たく燃える敵意はおさえがたく、あたりの空気をこがしてネミアンを包みこんでるみたいだった。

「クライディ――きみにどう思われてるかはわかってる」

「そう？」

「鼻持ちならないスカンク野郎だと思ってるんだろう？」

「スカンクってなに？」

「クライディ、突っかからないでくれ」（わたしはむっとしたし、そういう顔をしてたにちがいない。スカンクがなんなのか、ほんとに知らなかったんだもん）「クライディ、あの女の子は――」

「え？　どの女の子のこと？」

「どの子かわかってるだろ。ごめん。あれはただ――なりゆきでそうなっちゃったんだ」

「まあ、すてきなお話ね」わたしはおめでとうというようにとびきりの笑顔を見せた。

すると、ネミアンはわたしの意表をつく行動をした。

目の前で片膝をついて、わたしの両手を握ったの。

「クライディ、そんなふうにあしらわないでくれ。そうされてもしかたがないのはわかってる。でも――こういうことには慣れてないんだよ。混乱してたんだ。よく考えもしなかった――でも、いまは――クライディ、ぼくはきみを失ってはいないといってくれ」

ネミアンはほんとに美しかった。雪映えで髪が輝いてた。わたしは体がふるえてきた。その理由もわからないままに。

「わたしを失うって？」さりげない顔をよそおって訊ねる。「どういう意味？」

「ぼくと旅をつづけてくれるかい？　広河沿いのぼくの町まで。どうしても来てほしいんだ――ねえ、クライディ――クライディ。きみを失ったら、ぼくはなにもかも失ってしまう。ぼくは救いようのないばかだったけど、どうか許してほしい。ぼくのそばにいてくれ。いっしょに来てほしいんだ」

わたしは息を飲んだ。返事につまってしまう。こんなとき、あっさりノーなんていえる？

ネミアンは汗をかいてた。目には――涙がにじんでた。

わたしの手を洗濯物みたいにもみしぼり、わたしが「いたっ！」と叫んだときにも、手をゆるめてくれただけだった。

「交通の手段はあるんだ」ネミアンはいった。「気球じゃないけどね。かなり危なっかしい手段なんだ。でも、ぼくがきみの面倒をみるから。約束するよ、クライディ」

「あのね、でも――」わたしは口ごもった。やれやれ、わたしって、頭がまわるほうじゃないのよね。

「クライディ、ぼくの町では祖母が待ってる。すごく年をとってるんだ。ジザニアみたいに。ぼくは祖母のもとにもどらなきゃいけない。そこで果たすべき義務もある。ぼくはプリンスなんだ。自分の人生も自由にはならない。きみならわかってくれるよね」（わたしがほんとに王族なのか聞くのをまた忘れてるみたいね）「ぼくの人生は、きみを連れて帰ることができなければ、はっきりいって、なんの価値もなくなるんだ。きみが必要なんだよ。きみにわかってもらえるといいんだけど」

それからネミアンは立ちあがり、雪のようにどこまでも冷たい威厳を漂わせて、わたしの手を放した。

「もちろん選ぶのはきみだし、ぼくからきみにどうしてほしいなんていえた義理じゃない。ほんとうにばかだった。もう行ったほうがいいかな」

そのとき、静けさのなか、外の廊下からかすかな笑い声と足音が聞こえてきた。ハルタの女の子たちがもどってきたみたい。

約束の時間、わたしは雪のなか、木だった白いボールのそばに立ってた。子供たちが出てきて、雪を投げあってた。ポニーテールの男女がシマウマを追いたてていく。いままで気づかなかった煙突が青い煙を吐いてた。焼きたてパンのにおいがして、鐘が楽しげに鳴った。

アルグルが白い大地を踏みしめて近づいてきた。その姿を見てるだけで、奇跡のようだった。わたしは自分にそう思わせておいた。ほんのしばらく。

アルグルがそばまでやってきて、わたしの顔を見つめ、褐色の顔を寄せてきたとき、わたしはいった。「ごめんなさい、アルグル。でも、ハルタのもとにとどまることはできないわ」アルグルがその場で立ちどまった。無言だった。「できると思ったの。わたしもそうしたかった。でもいまは――すごく深刻な状況みたいで、行かなきゃいけないの」

「あいつとか」アルグルがいった。嵐がアルグルの目の奥を吹きぬけた。アルグルは首を振った。嵐はもう去ってた。

「あなたも知ってるでしょう」わたしはしかつめらしくいった。「ここまでいっしょに旅をしてきたのよ、ネミアンとわたしは」

「あいつは**オック**だ」

わたしは目をぱちくりさせた。

「きみはあいつに好意を持ってない」

「そんなことない。愛してるわ」アルグルの目がわたしの目をとらえた。わたしは目を伏せずにいられなかった。アルグルはいった。「いや、すまない。きみの気持ちはきみがいちばんよく知ってるよな」

そのあとアルグルは背をむけて、大股に雪の上を歩み去った。途中でなにかがアルグルの手から落ちた。

子供のひとりが走ってきて拾いあげたとき、きらきら光ったので、まばゆい石のついた指輪だとわかった。わたしにくれるつもりだったのかしら。ううん……まさかね。

子供たちは指輪を持って、アルグルのあとを追っていった。ペシャムバの子供たちって、とても正直なのね。あれ、ダイヤモンドじゃないかと思うんだけど。

月の沼地

このノートにまた書きこむのは久しぶり。わたしたちはリヴァー・ジョーズってところにいる。ここで一日かそこら待たなきゃいけない。どういう理由で、なにを待ってるんだか忘れちゃったけど。

インクペンシルも切れちゃったし（一本まるまる使いきるほど書いたのね）。テイルにもっともらってておくのを忘れちゃったから、書くものがない。

ネミアンがペンのようなものをくれた。ネミアンのだと思うんだけど、前のペンとは書き味がちがう。だから、なんか書くのが億劫で。

そんなの、いいわけしてるだけ？

そうだ、クライディ、それはいいわけだ、ってあなたの声が聞こえそう。

彼に、っていうのはネミアンのことだけど、「じゃあ、あのノート、まだ書いてるんだね」っていわれたときは、読みたいっていいだすのかと思っちゃった。でも中身に興味はないみたい。ノートを書くのが好きなんだな、って思っただけなんだと思う。ネミアンはこれをわたしの「ダイアリー」と呼んだ。ネミアンの町では大勢の「貴婦人」が日記をつけてるんだって。つまり、これは貴人らしい趣味ってことよね。だから、ぜんぜん問題ない。たぶんネミアンはこれでわたしが王族だって思ってくれるだろうし。

ネミアンは気をつかってくれてる。でも、なんか――ぴりぴりしてない？　わたしがほしいんだとすれば、そのせいかもしれない。でも、いまはわたしに触れようとしない。

なんか気の毒。だから努めて愛想よく、陽気にふるまうようにしてる。わたしは元気よ、ネミアンのことが好きなのよ、ってアピールするために。ネミアンのことを好きになろうと努めてもいる。

ネミアンのこと、きらいじゃない。

でも、以前のような気持ちにはなれない。なれたらいいのに。

そうじゃなかったら、どうしてアルグルやハルタのみんなと別れてしまったの？　うまく説明できない。わたしは盗ぞ――じゃなかった、あのファミリーのところにいたかった。でも問題はそれ以前の気持ち。わたしの気持ちがころころ変わってたってこと。

わかるでしょ？　わたしがどう感じてたか。なんて節操のない女なの？　あの人からこの人にあっさり乗りかえておきながら、次にだれを好きになるかもわからない、なんて。それじゃ、まるでひどく甘やかされた小さな子供みたいじゃないの。

〈ハウス〉の人たちはいつもそうだった。Xと友だちだったと思ったら、次はYと親しくなり、それからZと仲よくなる。そのあと、Zとけんかをすると、Xと仲なおりする。ああ、やだやだ。

わたしはそんな人間じゃない。そう思いたい。自分でネミアンを選んだんだもん。そりゃ、ネミアンの態度はひどかったけど、しょせんわたしはただのクライディなんだしね。ネミアンがほかの子に目移りしても、ムリないわよ。

ネミアンを裏切っちゃいけない。自分が最初に選んだ人だもの。自分の気持ちを、わたし自身を信じないでどうするの？

それがわたしの望み。誠実であること。自分が軽薄で、愚かで、ろくでなしのばかなんかじゃないって納得したかった。

だから、こうすることを選んだ。

ハルタはわたしに対してミョーな態度をとった。意地悪ってことはなかったけど、うんざりしたようすで、ちょっとそっけなかった。さよならをいってくれたのは、テイルだけ。ダガーなんて、文句をいいにきた。ものすごくこわい顔をして。「どうしてあんなやつと行くの？」とダガーは聞いた。

わたしは説明しようとした。誠意のこと。ネミアンのこと。でも、ダガーは馬みたいに鼻を鳴らしていった。「どうかしてるよ」ほかにもいろいろ、ダガーが知ってても、いまさら驚かないような言葉を投げつけてきた。

ばかなことをしてるみたいだけど、そんなことない。そうよ、もちろん。町に着いたら、こうしてよかったたって思うはず。

ネミアンはきっぱりいってくれたもの。わたしがどうしても必要なんだ、って。

アルグルはわたしなんか必要としてない（あの指輪も、わたしへのプレゼントじゃない）。アルグルにはハルタがいる。彼を愛し、忠誠をつくしてくれるハルタが。それにお母さんの記憶もある。

ネミアンとわたしは――とにかく、わたしはできるかぎりのことをするつもり。どうかカミサマ、たとえあなたがＴＯＫＥＩでも、わたしがベストをつくせるように力を貸して。


ペシャムバを出てからの旅ははじめのうち、とりたてて珍しいこともなかった。雪が降ってただけ。

町のまわりの平地は真っ白。なにも書いてないノートみたいに。花はだいじょうぶかな、とわたしは思った。たぶんなんとか生きのびるだろう。雪が降るのはこれがはじめてじゃないはずだから（実際、湖はかちこちに凍ってて、その上で人々がすべって、「スケート」とやらをしてた）。

ネミアンが大きな毛皮のコートをくれた。ネミアンがいうには、動物の毛皮じゃないらしい。ペシャムバ人は毛皮に似た衣服を作ることができるんだって。あったかい。

わたしたちはまたチャリオットに乗った。三台のうちの一台に。でも車を引くのはロバだった。赤い毛布が積んであって、小さなベルがついてた。

ちりんちりん。

振り返ると、青いもやが町の上に漂ってた。ありとあらゆる煙で淡くグレーに輝く空に。小瓶には温かいお茶やマルドワインが入ってた。でも、あっというまに冷めちゃって、あまりおいしくなくなった。

数日間、わたしたちは平野にいた。

一度、大きくて白いものを見かけた。ゆっくり風に吹かれる雲みたい。あれはゾウだよ、とネミアン。寒いから羊みたいなふかふかの毛を生やしてて、鼻がしっぽのように長いんだって。そんなばかな。きっとわたしを楽しませようとして、つくり話をしたんだと思う。ここからじゃ遠すぎて、たしかめられなかったけど。

夜はテントを張った。わたし用のテントもある。鉄のかごのなかで石炭を燃やして暖をとった。

わたしは座ってこのノートを読み返した。ところどころ。

いまは自分がこれを書きはじめたときと同じ人間とは思えない。そんなことってある？　わたしはいったい何者なの？


やっと、といっても、そんなに時間がたってるはずはないんだけど、天気が変わりはじめ、景色も変わった。左手の遠方に巨大な丘や山が見えた。それとほぼ同時に暖かくなってきた。

空が割れはじめ、青いひびが入った。やがてそれは白いひびの入った青空に変わった。

また草地にやってきたけど、草の丈はとても高くて、場所によってはチャリオットの高さを越してた（ロバたちは草を食べて、道を切り開きたがった）。古い道をたどっていくと、やがて大きな村に着いた。ううん、小さな町というべきかも。

普段のわたしなら好奇心でいっぱいになるところだけど、たいして興味がわかなかった。ダメね。こんなにすごい冒険をしてるのに、ムダにするなんて。

ええっと、そう、壁の丸い家と、しょっちゅう草を刈らなきゃいけない穀物畑があった。それから、テントみたいに枝が地面までたれさがった奇妙な木と、ガーガー鳴きながら木々のあいだを飛びまわる大きな黒とピンクの鳥。

流れの速い小川があって、白く泡立ってた。

ほかの人たちはこの村（町？）で旅を終え、ネミアンとわたしだけが舟の御者（とはいわないみたいだけど、呼び方がわかんないから、とりあえず「舟の御者」）といっしょに舟に乗って川を下った。わたしたちはこの町（村？）にふた晩泊まったけど、ネミアンがみんなと遊びにいくことはなかった。ネミアンはここの言葉も話せたんだけど（ここの住人たちもお金でものを売ってたので、ネミアンがお金を払った）。

ネミアンはわたしたちがどこへ行くのか話しはじめた。沼を抜けていくんだ、とネミアン。そこの人たちは風変わりだけど、わたしたちが広河に行く手段を提供してくれるだろうって話だった。

いやな気分だった。平地を旅してたときから感じてたんだけど、その気持ちはどんどん強くなってきた。こわいような、痛いような気持ち。ネミアンは普通に会話をしてくれるようになってたんだけど、そのうちに自分の町が恋しくて「ホームシック」だといいだした。それで気づいたの。わたしもホームシックを感じてる。どこに対してっていうんじゃないけど。

かつては毎日彼を見かけた。アルグルを。いつだってアルグルの姿は目に入った。荷馬車と並んで馬を走らせるアルグル。保存物資のチェックをするアルグル。夜に火のそばにいるアルグル（わたしはあんまり話をしたことがなかったけど。むこうがわたしに気づいてたとも思わない）。仲間ととっくみあうところや、カード遊びをするところも見かけた。アルグルはカード遊びがすごく強かったし、手品も得意だった。花咲く野原でテイルの耳からスズメを出してみせたこともある。どうやったのか見当もつかない。アルグルが出したのはほんもののスズメで、どこかへ飛び去った。仲間がかわるがわるうたうときには、アルグルもうたった。ほんとのところ、あまりうまくなかったけど。とにかく、アルグルがなにをしてても、その姿は目に入った。あるいは、ただそこにいるだけでも。

ただそこにいるだけでも。

（ここまで来るのにどのくらいかかったんだろう。〈ハウス〉から、広河が見晴らせるこの家まで。ずっと考えてたんだけど、頭がごちゃごちゃになっちゃった。永遠に旅してた気がする）

沼地に着いたのは日暮れどきだった。川は幅が広くなり、流れも遅くなってた。そこにもここにも背の高い草の島があって、ついには葦でおおいつくされた。

舟の御者が（いまだに正しい呼び方がわかんないんだけど）慎重に棹をさし、葦のあいだを進んでく。低くかたむいた太陽が、葦の影で縞模様をおびた水面を赤銅色に輝かせた。

このどこか哀しい景色のむこうに建物がそびえてた。この建物もあまり陽気には見えなかった。黒い石づくりで、どっしりした柱があって、先のとがった奇妙な屋根がついてた。

神殿だよ、とネミアンはいった。ふうん。神殿（？）なら知ってる。これは沼の神を称える神殿だった。

でも、船着場に降りて、階段を慎重に――つるつるしてて、ひどく古かったから――上がっていくと、黒い台座の上に神像があった。はじめはこれも時計かと思ったけど、そうじゃなかった。沼地の人たちは月を崇拝してる。沼地は月に属してるんだって。

「どうして？」わたしは質問をやめたことはない。質問しなくなったら、はっきりいって、そうとうマイってる証拠。

「広河が沼地のむこうに流れてるんだ。川には潮の満ち引きがあるし、沼地もそうだ」

「潮の満ち引き？　海みたいに？」

どうやらそうらしい。潮が引いたり満ちたりするのは、月の引力の影響。だから、この湿地では月が神さまなんだって。

神殿の広間は、どう見ても古くてぱっとしなかった。あとでそこに入ったとき、ぱっとしないパンと、苦くてぼろぼろこぼれる（ぱっとしない）チーズを食べながら、カミサマやいろんな神についてネミアンに聞いてみた。

「カミサマはすべてだ」ネミアンはいった。「神々、つまり個々の神はそれぞれ、カミサマを具現したものなんだ。ぼくたちもそうなんだけどね」

「わたしたちもカミサマの一部なの？」わたしは目を丸くした。この（未知の）超驚異的な〈存在〉に大きな敬意を抱くようになってたから。

「ぼくたちに命を与えてくれたのはカミサマだからね」ネミアンが簡潔にいった。

その姿には特別の魅力があった。すごく物静かで、哀しげで。こんな話をしてるせいかな。説明をするようす、っていうか説明しようとするようすが（カミサマって、言葉で説明できるものじゃないような気がする）、アルグルと重なった。ほんの一瞬だけどね。声とか、なまりとか、ぜんぜんちがうのに。それなのに。

わたしはネミアンの手に自分の手を重ねた。いままでネミアンにやさしく接してたとはいえない。彼がひざまずいてからというもの（まあ、片膝だけだったけど）、わたしは愛想よくふるまうこともなかったし、おだてにも乗らなかった。

ネミアンがこっちをちらっと見て、笑顔になった。急にうれしそうな顔になり、気持ちも浮きたってるみたい。

わたしもやっぱり悪い気はしなかった。

たぶん、これでよかったのよね。

「クライディ、頼みがあるんだけど」

階段に注意しながら、わたしはうなずいた。

「これからフルネームで呼ばせてもらいたいんだ」

「ふうん」

「〈シティ〉に着いたら、そうするのが当然と思われるだろうから。みんなの前ではね。きみの身分にふさわしい接し方をしないと。とても大切な人間なんだから。『クライディ』じゃ、ちょっと——威厳に欠けるだろう？」

「まあね」

「怒らないでくれよ、クライディ——じゃなくて、クライディッサ。いいかい？」

「わかったわ。でも、わたしがその呼び方に慣れなきゃいけないわね」

そんなの、わたしじゃないもの。ますます混乱しちゃう。このクライディッサって、いったいだれなのよ？

わたしたちは月が昇るまで月の神殿にいた。影のような人々のひとりが、「ワニノリ」たちがやってきたと告げた。

神殿から出たとき、船着場の下に見えたのはこんな眺めだった。

暗い沼地の上に暗い空と月。葦のあいだにのぞく水のなかには、やたら大きなトカゲがいた。色は〈ガーデン〉で育てられたバラみたいな濃い赤。何匹かはただ寝そべって、ごろごろしてた。〈ガーデン〉の川にいたカバみたいに。でも、ほかのトカゲはなかが見えるかごを背中にくくりつけ、そのなかに人間が座ってた。

どんなものを想像してたのか自分でもよくわからない。なんにしても、正解を思い浮かべることはできなかったと思う。

「あれはいったい――」

「ワニだよ、クライディッサ。背中にのってるのは、ジャダジャ輿っていうんだ」

「ジャ・ダジャね。わかったわ」

ワニが数匹、しっぽをぴくぴく動かした。その赤いうろこが月明かりをはじいてた。その姿はとても美しかったけど、目は冷たく、月のような緑色に輝いてた。

月も緑色をおびてた。蒸気のようなものが立ちのぼり、空を包んでる。まさに雲に隠れた月。月の雲に惑わされる、っていうか、月の沼地で惑ってる。

「ああ、楽しそう」わたしは力なくいった。

でも、やがてワニ乗りたちがきびきびと船着場に降りてきた。月の神への捧げ物を抱えてる。ほとんどは沼地で射止めた獲物だった。

あの人たちはきっと食事をするはず。捧げ物もするんだろう。たいしておもしろそうには見えないけど。

ネミアンは、意外にもワニ乗りたちの言葉が話せなかった。だから神殿の人に助けてもらわなきゃいけなかった。やっとのことで話がつくと、ワニがその乗り手に導かれて船着場に上がった。なんとかわたしたちもそこに下りていって、巨大なかごのなかに入りこみ、敷物をつめた床に座った。この人たちもお金を使うのかな。たぶん使わない気がする。髪は短くふぞろいに切ってあり、葦を編んだ服を着てた（あとでネミアンが教えてくれた。わたしには野蛮な人たちにしか見えなかったけど）。この人たちの宝飾品は、磨いた石やワニの爪や歯でできてた。

ジャダジャとかいうかごも、葦でできてた。

わたしたちが雇ったワニ乗りは、神殿に寄らなくても気にしてないみたいだった。月明かりのもとで出会った旅行者たちを助けるのも月への崇拝の一部と見なしてるのかも。

ワニ乗りは自分のワニの脇腹をやさしく蹴ったり、たたいたりして前に進ませながら、月を見上げて、うたいだした。

月はヴェールのなかで緑色。もやが沼地から立ちのぼってた。水は古いガラスみたいにきらきらしてる。

ワニ乗りの歌は物悲しかった。言葉はわからないけど、たぶん歌詞も悲しい内容なんだと思う。この歌を聞いてると、ハルタの犬みたいにほえたくなった。といっても、ハルタの犬たちはめったにほえなかったけど。

わたしたちは数日間、沼地で過ごした。途中で何度か小さな村に立ちよった。葦の家が建ってて、村人たちはそこで釣りをしたり、網をつくろったりしてた。女の人たちは葦でつくった織機で葦の布を織ってた。

静かな人たちだった。おたがいにあまり口をきかない。ネミアンは身振り手振りでコミュニケーションをとった。村人たちは魚と、食用の菜っ葉と、飲んでもだいじょうぶなんだろうけどおいしくない水をくれた。

ワニの口は、人の背丈くらい長い。もう少し長いくらいかも。歯は三百万本くらいある――ように見える。でも、ワニ乗りの子供たちは平気でワニのまわりを泳ぎまわったり、ワニのいる水中に飛びこんだりしてた。よちよち歩きの子供まで。

ワニはなまぐさい。少なくとも、ここのワニたちはそうだった。

しばらくすると、わたしたちもくさくなった。

ある日の夕暮れどきのことを書いておかなくちゃ。沼地は塩分の加減でときどき奇妙な色になる。でも空はラベンダー色、太陽はショウガ色だった。双方の色合いが水のなかで混ざりあう。雨も、風も、雷鳴もともなわない、乾いた稲妻がひらめいた。稲妻は虹色だった。そして枝を張った木のような、橋のような、まわる車輪のような形をとった。

ネミアンはいった。「きれいだね。はじめて見たよ。話には聞いてたけどね、沼地の稲妻のことは。もちろん、〈シティ〉の花火に比べたら、たいしたことないけど」

このリヴァー・ジョーズに着いたのは昨日。沼地はここで終わり。ゲストハウスの――ここがゲストハウスなら――二階からは、幾重にも並ぶ葦の列のむこうにはてしない水の広がりが見える。広河だ。

ネミアンがいってたとおり、潮の満ち引きで水位が上がったり下がったりする。

ここの人たちは召使みたい。わたしと同じ言葉を話し、もうひとつべつの言葉も話す。ネミアンは両方の言葉が話せる。

わたしたちがここで待ってるのはなぜか。それはネミアンがここの人を使いに出して、べつの舟を手配させてるから。

ここまで書いたとたん、たったいまだけど、ネミアンがやってきて興奮気味にいった。明日、出発だよ、って。

三日後には到着だからね、って熱心にいう。花火とウルフ・タワーの〈シティ〉に。ネミアンの故郷、これからはわたしの故郷にもなる町に。

ネミアンの〈シティ〉

広河は広かった。空間のまんなかを漂ってる気分になる。あるいは空のまんなかを。っていうのは、空が広河に映って、空と河がひとつになってるから。広河に浮かんでるのはこの舟だけ。どっちの側も岸は見えない。

力強く呼吸する風を大きな帆がゆっくりはらんで丸みをおびるさまは、まるで肺みたい。

わたしたちの給仕をしてくれるのは、奴隷たちだった。給仕をしてもらうなんてはじめて。もちろん逆なら、経験あるけど。給仕してもらうのは、あんまりうれしくなかった。それにこの人たちは召使じゃなくて、奴隷だし。男ふたりと女ひとり。舟のうしろに――「とも」っていうらしいんだけど――脚を組んで座り、うつむいて、ネミアンが呼ぶか指を鳴らすかするのを待ってた。

舟を動かす水夫もふたりいた（舟というより、船というべきかも）。すごく敬意を払ってくれる。ううん、ひれふすばかり。

それが落ち着かなくて、わたしはへりに座って船の外ばかり見てた。

初日の日没はすばらしかった。

「見て。みごとな金色だわ」わたしはネミアンにいった。ちょくちょくネミアンに話しかけるように努力してた。

「あれが気に入ったんなら、ほんとに喜んでもらえそうだな」ネミアンはいった。

わたしはとまどった。ネミアンがわたしを船室に連れていく。わたしが眠ることになってる部屋だ。そこに奴隷の女性がいて、頭が膝につきそうなほど深々とおじぎをした。

「プリンセス・クライディッサにドレスをお見せしろ」ネミアンがいった。

すると、かわいそうに年老いた奴隷女は整理だんすを開けて、このドレスをとりだした。

正直な話、〈ハウス〉でもこれほど豪華なドレスは見たことない。空と河にきらきら反射する光のなかで見ると、ドレスの金の繊維は火でできてるみたいだった。

「ぼくの〈シティ〉に入るときには、これを着てほしいんだ」ネミアンがきっぱりいった。

わたしは胸をときめかせ、ネミアンにお礼をいって、喜びの声をあげる――はずだった。

まあ、お礼はいったけどね。

「とても立派なドレスね」

「ああ、きみが簡素なドレスを好んでるのは知ってるよ」ネミアンはやさしくいった。「ジザニアから聞いたから。きみがよくテーブルだかなにかを磨いてたって話も信じるよ。きみって、おもしろい人だよね。しかし、みんなの前ではドレスアップしないとね」

明らかに、ネミアンに恥をかかせないために、ってことよね。ま、それもそうか。わたしを連れてもどり、お披露目しようとしてるんだから。わたしはみんなに受けいれてもらえるようにしなきゃいけない。わずらわしいな、そういうの。ネミアンといっしょにいるつもりなら——つまり、伴侶として、妻としていっしょにいるつもりなら（そんなことになるかよくわからないけど）——わたしも責任ある態度でふるまわなきゃいけない。大変そう。

プリンセス・クライディッサか。

あーあ。

「そう」わたしはつつましく答えた。

わたしたちはデッキで夕食をとった。いつものようにカンペキな給仕つき。ワインとフルーツと銀のふたをかぶせた料理。

〈ハウス〉みたい。

なにを期待してたんだろう。

たぶんはじめはこういうことを望んでさえいたと思う。給仕をしてもらうこと。わたしがあれこれ世話をしてもらうこと。だって、ほかの制度なんて知らないもん。ご主人さまとしてふんぞりかえるか、奴隷として生きるか、ふたつにひとつ。

ただし……。

わたしは明るくしゃべった。まあ、見て、鳥が飛んでるわ、とか、ほら、見て、あの島には木が生えてるわ、とか。

夕闇が夜へと変わり、わたしは眠ろうとした。眠れなかった。

結局、四日近くが過ぎた。水夫たちはネミアンにいいわけした。あまり風に恵まれなかったんだとか、潮の満ち引きのせいで長引いたんだとか。ネミアンが怒るといけないので、自分たちも困ってるんだって顔をしてあやまった。でもさいわいにして、ネミアンは水夫たちにはただぶっきらぼうなだけで、一度か二度わずかにいらだちを見せただけだった。聞き苦しいことや意地悪なことをいったり、乱暴を働いたりすることはなかった。

最後の日には、左右どちらかの岸は必ず見えるようになった。でも天気は変わってしまった。寒くなってきた。空と水面は二枚の灰色のシルクのようだった。

それから雲が出て、疲れたような小雨がぼそぼそ降ってきた。

昼食の直後、背がうんと高くて、なめらかで、ほっそりした灰色の石が見えてきた。近いほうの岸に立ってる——そのときには、両岸が見えるようになってた。ほかにはたいしたものは見えなかった。岸辺にばらばらと生える数本の木。やや単調な平地。左手にうっすらと山の影が見えた。たぶんあそこまで行くには何か月もかかるにちがいない（草木があまり生えてない土地みたい）。

それでもネミアンは、「ああ！」と叫んで、跳びあがった。

なんだかわからないけど、灰色の柱のようなものに負けないくらい背筋をぴんとのばして敬礼をする。給仕をする奴隷も船をあやつる奴隷もみんな深々とおじぎした。

ネミアンがわたしのほうを見た。その顔は生気で輝いてた。

「あと一時間かそこらだよ、クライディッサ。もうすぐ到着だ」

それを聞いたとたん、わたしは気分が悪くなった。そんなのばかげてるわよね。少なくとも、興味ぐらい感じそうなものなのに。

「すごくうれしいわ」わたしはいった。

「さあ、したくをしておいで、クライディッサ」

「あら、でも——」

「だいじょうぶだよ。ぼくはデッキで着替えるから。あのテントのなかで。きみは自分のことだけ考えて」

じつをいうと、わたしは身じたくに一時間もいらないっていうつもりだったんけど、まあ、いいか、と思った。それでネミアンのいうとおりにした。奴隷の女性もあとについて客室に入ってきた。

わたしがまちがってた。着替えには二時間もかかった。

まず体を洗い、髪を洗ってふいたあと、香水やらなにやらをつけた。どれも上等な品だった。ただヘンな気分だったから、そうは感じられなかった。

そのあと奴隷がレースの下着と金色のドレスを着せてくれた。

次はストッキングと靴とブレスレットとイヤリング（このノートを入れるように金色のかばんもくれた）。髪はまだぬれてたけど、奴隷が結いはじめた。ところどころ三つ編みにしたり、ピンでとめたりして、それ以外は二本の熱した鉄の棒――焼きごてっていうらしい――で巻いて、たらした。髪のこげるいやなにおいがした。わたしの髪がこげるにおいが。

メークもしてくれた。おしろいをはたき、目のまわりにシャドーをつけ、口と頬に紅をはいた。爪も金色にぬった。わたしはそれが乾くまで手を前に出して指を広げ、おかしな木かなにかのように座ってなきゃいけなかった。

デッキにもどると、ネミアンが黒と金色の衣装で立ってた。王さまみたいに堂々とした姿。ネミアンはこっちを見てうなずいた。二時間もかけて着替えたわたしに対して、それはちょっと冷たいんじゃない？　とてもきれいだね、くらいいってくれてもいいじゃないの。せめて奴隷のために、ひとことあってもいいのに。一生懸命に努力してくれたんだから。

奴隷たちが細長いグラスに黄色いワインをついでくれた。

〈シティ〉が見えてきた。

わたしはさっきから不安を感じてた。なんてわびしそうなところだろう。ひたすら灰色の単調な世界。しばらく行くと、灰色の高いものが――なんだか知らないけど――地面から突きだしはじめた。あたりは雨のもやにぼんやりけむり、なにもかも影のようだった。

そしたら、この巨大なもやのかたまりがふくれあがって、わたしたちを包みこんだ。もやのなかから巨大な黒い像があらわれた。雨にぬれて光ってる。なんだろう。もやのなかに顔を上げて、顔をしかめる男の人のように見えた。

それがなんだか考えてるうちに、そのうしろにも次々に影が見えてきた。どれも巨大。わたしたちの船はそのあいだをなすすべもなく漂った。

高い石の堤防が川からそびえてた。その上には、石を積みあげた黒っぽい建物のテラスが幾重にも重なってる。塔がいくつも空にのび、もやでかすんでた。かすかな明かりがもれてる窓がひとつかふたつ。でも、窓は雨にぬれて黒いヘビみたいに光ってた。

あちこちに淡い色の大理石や、黒のみかげ石の巨像があった。うしろ足で立つ獣(ライオンとか、熊(?)とか)。リヴァーをのぞきこむ、いかめしい女性の石像。わたしは一瞬、この像が川のなかにころがり落ちて船を直撃するんじゃないかと思って、ぞっとした。さしだされた石の手にはほんものの(大きな)鏡がはめこまれてて、わたしたちの顔をネズミ大に縮めて、逆さまに映してる。

空では屋根が層をなし、もやと雲のなかに消えていく。なにもかもがすごく大きかった。よく磨かれて、すべすべしてた。清潔で、冷たくて、くすんでて、暗い。

「ああ、なつかしい」ネミアンがいった。「ここが家だよ。ぼくの家、きみの家だ。見てごらん――

―あのむこう――見えるかい？」

わたしはネミアンが指さしたところに目をこらした。そこには塔があった。ほかの塔よりひときわ大きく、すべすべしてて、くすんでた。てっぺんには恐ろしい黒い石の像がうずくまり、かぎ爪のついた足を片方上げて歯をむいてる。そのなかで黒い旗が雨にぬれてた。

だからネミアンが感動と興奮をこめていうのを聞くまでもなかった。「ウルフ・タワーだよ」

ネミアンは身分ある人間だし、ここに着いたら大歓迎を受けるだろうと聞かされてたから、ムリもないことだと思うんだけど、わたしは大群衆に迎えられるものと思ってた。

群衆なんていなかった。小さな人だかりがあっただけ。

船が岸に近づいていく。狼の悪魔の像をてっぺんにのせたウルフ・タワーからは、長い石のポーチがのびてて、立派な服装をした人たちと明らかに奴隷と思われるグループが待ってた。

この奴隷たちは、水たまりのできた敷石の上でひれふした。

船上の「わたしたちの」奴隷もデッキの上でひれふした。船を係留してた奴隷まで、作業を終えるとひれふした。

王族が階段まで近づいてきて、こっちを見下ろした。みんなすばらしい衣装に身を包んでる。金糸や銀糸がふんだんに使われ、どっちかっていうとよろいみたい。

でも王族たちは笑顔で、やわらかそうな手を振ってた。

「ネミアン――ネミアン――」と泣きながら呼びかける。「ダーリン――」

わたしの目には、不思議とみんなそっくりに見えた。多くはネミアンみたいな金色の髪をしてた。ネミアンは岸に降りて、階段を上った。それから振り返って、わたしのほうを示し、みんなに見せた。すると拍手と小さな叫び声が起こった。

わたしはどうしたらいいのかわからなかったので、ばかみたいに突っ立ってた。

男の人がいった。「おまえの使いが来たよ、ネミアン、ずいぶん前にな。オールド・レディもお出ましになるだろう」ネミアンは喜びに顔を上気させた（きっとおばあさんのことだろう）。

「そんな資格はないよ。もう少しで失敗するところだったんだから」

「いやいや、ネミアン。いろいろ計画が狂ったことは聞いている。それでも成功をおさめたじゃないか」

王族たちはわたしににこにこ笑いかけた。わたしも笑顔を振りまくべき？　それとも威厳を保ったほうがいいの？　迷ってるうちに、塔のどこかからラッパが鳴った。全員がいっせいに笑顔を引っこめて、黙りこんだ。全員の頭がポーチのほうに開けはなたれた塔の扉のほうをむいた。高さのある長方形の扉で、鋼鉄二枚でできてた。

まず奴隷がふたり出てきた。みんなを脇に追うかのように腕をのばしてる。ふたりとも横柄そうだった。そのあとから女の人が出てきた。

姿を見るなり、見覚えのある人だと思った。でも、すぐにまた思いなおした。やっぱり知らない人だ。ワインを飲まなきゃよかった。

彼女は背が高くて、やせてて、ここの建物みたいにすべすべしてた。肌の色も建物と同じ。色がなかった。

彼女の目はほかのだれともまちがいようがなかった。老いてかさかさした白い顔のなかで黒々とした目。まっすぐわたしを見つめてる。わたしを骨まではごうというように。

ふたりの横柄な奴隷が声を合わせて叫んだ。

「プリンセス・イロネル・ノヴェンドットのおなりー」

そのとき突然、姿はまったく似てないのに、この女性がだれを思わせるのかわかった。わたしがあとにした〈ハウス〉のジザニア・タイガーだ。

〈掟〉――判明した事実

これで千回目になるけど、あたりを見まわして考えた。あの窓か、その窓か、いっそあのドアをなんとか使えないかな。でなきゃ、なんかできることはない？　〈ハウス〉では百万一回もピンチに陥りながら、いつでもちゃんと切りぬけてきた。そりゃ、まあ、顔を引っぱたかれたり、血が出るほど手をぶたれたりすることはあっても、これで人生終わりって事態には陥ったことなかったけど。でも今度ばかりはむずかしい。ううん。不可能。アルグルはわたしのことを疫病神だとか、トラブルメイカーだとかいってたけど、まさしくそのとおりだった。いま、ここでアルグルがいってくれればいいのに。ほら、いったとおりだろう？　って。ほんとをいうと、こんなところにアルグルにいてほしいとは思わないけどね。ここにいていいと思う人はそんなに多くない。

ごめん。最初から話す。これじゃ、なんのことだかわかんないわよね。

パニックを感じはじめたのはいつだったかな。ずいぶん前だった。プリンセス・イロネルの姿を見てすぐ。

イロネルは石のポーチを歩いてきた。黒い杖で地面をこつこつたたきながら。その手は白いかぎ爪そのもの。

イロネルはジザニアとちがって美人じゃなかった。髪もあった。全体としては鉄色だけど、黒い髪も少しは残ってて、仮面みたいな顔にかからないようにうしろに引っつめて高々と結いあげ、銀のピンでとめてた。

イロネルが近づいてくると、ネミアンもほかの王族も膝をついた。片膝じゃなくて、両膝とも。奴隷たちはひれふした。ただしイロネルの奴隷はべつで、膝をついて頭をたれた。

でもわたしは船の上で突っ立ってた。ひざまずいたらドレスが破れそうでこわかったから（すごく薄い素材だったの）。それに汚れるかもしれないし。だって、ほら、わたしのじゃないから。貸してもらってるだけだもん。わたしが身につけてるものすべて〈ハウス〉の女中が着てる服と同じ）。

わたしは頭を下げた。でも、それがほかのなにより恥ずかしかった。

なんで恥ずかしかったんだろう。透視力でもあるのかしら。アルグルのお母さんみたいに。

わたしはぎくしゃくとおじぎをしながら、イロネル・ノヴェンドットがネミアンを立たせて抱きしめるのを見た。ぎこちなくて、冷たい抱擁だった。塔が抱きしめてるみたい。でもネミアンはものすごく幸せそう。イロネルのかぎ爪にキスをした。

「彼女を見つけたのですね」イロネルがいった。

「はい、見つけました」

「名はなんというのです？」年ふりた、しゃがれ声が聞こえた（わたしのこと？）。

「クライディッサ・スターです」（やっぱりわたしだ）

「では」イロネル・ノヴェンドットがいった。「まちがいないわね」

くるくる巻いた髪におおわれた頭のてっぺんがぞわぞわっとした。どういうこと？　ネミアンがわたしを見つけた？　イロネルはわたしを知ってたの？

そのとき船の上で恐れおののく奴隷たちが手を貸して、わたしを岸に上げ、ポーチのほうに押しだした。わたしはイロネルの目の前にいた。

「〈シティ〉にようこそ」老婦人がいった。イロネルもネミアンといっしょで、ここが唯一のシティで、それが固有の地名であるかのようないい方をした。〈ハウス〉がこの世で唯一のハウスのように認識されてたのと同じ。それが大嘘だったことはもうわかってるけど。「あなたが来てくれて、わたしたちはとても喜んでいるのですよ」とイロネルはつけくわえた。「とにかく、わたしはね」

彼女は、ね。そうは見えなかった。その目ときたら、漆黒のよう。黒い瞳を灰色の輪がとりまいてる。恐ろしい目だった。でも、イロネルはある意味でたしかにジザニアに似てた。年齢のせいかな。ううん、そうじゃない——だいたいこの人、いくつなの？

「なかに入りましょう」イロネルがわたしたちにいった。

命令だ。

みんながつくり笑いをしながら立ちあがった。

イロネルがばねじかけの人形みたいにいきなり振りむいて、かぎ爪の指でわたしの顔をつかんだ。

「言葉は話せるの？」

「はい、奥方さま」

「なら、いいわ」イロネルがほほえんだ。うわー。歯はつくりものだ。すごい。銀の歯に真珠がはめこんである。イロネルのこの笑顔はほんとに特別な瞬間のためにとってあるにちがいない（実際、そうだった）。


まず奴隷たちがわたしたちを壁のくぼんだところに案内し、金めっきの門を閉めた。それから内側の取っ手を動かした。くぼみも、門も、わたしたちもいっせいに揺れながら上昇した。四方は壁に閉ざされてる。いやな感じだった。でも、ネミアンから聞いた機械じかけの「エレベーター」の話を思いだした。〈シティ〉の最上階まで人を運ぶことができるって話だっけ。

頭がヘンになって叫びだしそうになったちょうどそのとき、もうひとつ開いたくぼみに到達した。恐ろしいことに、わたしたちはそれを素通りして、さらに上にむかった。

さらにいくつかくぼみを通りすぎた。希望を持つのをあきらめたとき、またべつのくぼみの前に着いて、止まった。外にいた奴隷たちが門を開けた。

エレベーターの外は巨大な広間になってた。左右にどこまでものび、天井は空に届くほど高い——ように見える。空のような彩色もされてた。色はあせてたけど。はじめからあんなふうに紫がかった暗雲におおわれた灰色の空を描いたのでないかぎり（案外そうだったのかも）。

濃い灰色の大理石が敷きつめられた広い床には、ひょろっとしたテーブルが置かれ、食べ物や飲み物、タバコがのせてあった。それからふたの開いた箱。なかに見慣れないスティックや錠剤が入ってる。ネミアンが砂漠で食べ物のかわりにくれたものに似てた。どうしてこんなものがここで必要なのかわからない。

でも、ネミアンは手にいっぱいつかみとって食べた。そのあと奴隷からワインを受けとった。だからわたしもワインをもらった。飲みたいとは思わなかったけど。

イロネルはぬかるんだ池の水みたいな飲み物を一杯だけもらって、ひと口飲むと、顔をしかめた。アイスクリームがほしいのに、こげたほうれん草をもらった子供みたいに。

でも、イロネルはネミアンの腕をつかんだ。人々から離れて長い、長い床を歩きながら——みんなはほれぼれと見とれ、あいかわらずつくり笑いを浮かべてた——大きな声でいった。「あなたもいらっしゃい、クライディッサ」

だから、わたしもふたりについていった。

大きな窓があった。床から天井まですっかり窓。窓にはガラスがはまってた。そのうちのひとつのそばに立つと、〈シティ〉が見晴らせた（窓の上に気味悪くふくらんだものも見えた。わたしの背の二倍ぶんくらい、わたしの頭より高い位置にある。しばらくしてから、屋根の上にのってた不吉な狼の像の黒い前足が丸まって窓にかかってるんだと気づいた。なんてところなの！）。

〈シティ〉も不快な場所に見えた。どうしてネミアンはこんなところが自慢なの？　こんなところにホームシック？

ばかみたいに高い建物のあいだに雨が激しく降りしきる。陰気な彫像がよろめき、たじろいだ。なにもかもが黒か、灰色か、腐ったミルク色。ほんと、ゴミみたいな町。

この町を守る外壁のようなものはあるのかな、とぼんやり考えた（あとから、そんなものはないってわかった。そのかわり、見張りの装置やなにかはある。ペシャムバに似てるけど、もっと「もののしい」）。でも、まあ、敵でも味方でもこの町をひと目見たら、まわれ右してよそに立ち去りそう。どっちだろうと、べつの方角へ。

ネミアンとその祖母はなにか低い声で話してた。楽しいおしゃべりって感じじゃなかった。ここそ内密の話をしてるみたい。ふたりとも同じように陰険でとりすました目をしてた。どっちにもふさわしくない。ネミアンはあまりハンサムに見えなかった。顔が変わっちゃったみたい。それからこっちを見て、いきなり笑いだした。冷酷な笑いだった。聞きのがしようがない。無情な勝ち誇った笑いだ。

でも、それで人を判断したくはなかった。いままでさんざん人のことをあれこれ決めつけてきたけど、まちがってばかりだったから。わたしはただおとなしく立ってた。

イロネル・ノヴェンドットも横目でこっちを見て、わたしにいった。「で、このごろジザニアはどんなようすなの？」

それはわたしもよく思うことだったので、即座に答えた。「とてもお元気です」

「しぶといこと！」イロネルは意地悪く真珠をはじいた。「いつまでもそうはいかないでしょうけど！」

「申しあげにくいのですが」わたしは悲しげにいった。「奥方さまへのごあいさつをことづけるのをお忘れになったようです」（ほかにもいろいろお忘れになったのよ、たとえば、あなたと知りあいだったこととかね、と心のなかでつけくわえた）

でもイロネルはまた飲み物をすすっただけだった。

「いつかは」とわたしにいう。「あなたもこんな泥みたいなもので命をつながなくてはいけなくなるのよ。ネミアンからわたしの年を聞いたかしら」

イロネルはわたしの答えを待ってる。老人って、自分の年で人を驚かすのが好きなのよね。わたしはいった。「いいえ、奥方さま」

「百七十歳よ」イロネルが明かした。

もちろん、わたしは信じなかった。見たところ、三桁の大台にはのってない。でも、わたしは目を丸くして大きな声でいった。「ご高齢でいらっしゃるのですね」

「あなたも」イロネルはいった。「この〈シティ〉に住めば、高齢に達しますよ。そして、最後にはわたしのように流動食をするようになるでしょう」それをおもしろがって、またほほえんだ。

呪いかな。

ううん、単なる事実を口にしただけみたい。

ゾクッとした。呪いをかけられるよりずっと。

ネミアンがいった。「彼女、まだ知らないんだ、おばあさま」

「まだ？　それでは驚くでしょうね。ここまでどうやって連れてきたの？」

ネミアンは小さな少年のような、悲しそうな目でこっちを見た。きみならぼくを許してくれるよね、クライディ、とでもいいたそう。実際に口にした言葉はこうだった。「その、おばあさま、たくさん嘘をついたんだ」

「そして、そのきれいな顔で」イロネルはさっきより楽しそうだった。「あわれな小魚を引っかけたというわけね」

わたしの口はあんぐり開かなかった。ふたりの靴に吐きもどしもしなかった。そのことはいまも誇りに思ってる。すごくこわかった。氷のボールに閉じこめられた空気のなかを漂ってる気分。ショックで、ふたりに問いかけることもできなかった。だから、運よく黙ったままだった。

ネミアンはいった。「ジザニアの衛兵に気球を撃ち落とされたときは——これは計算外だったんだけど——正直にいって、もうだめだと思ったよ。でも、運が味方をしてくれた。ジザニアも誓いを守ってくれたしね——ぼくがあの花を見せたんだ。そうしなかったら、忘れられてたかもしれない。あの人の頭は、おばあさまほどさえてないから」

ふたりはにやにや笑いあった。

それからイロネルがいった。「クライディッサに〈とこしえ〉の花園を見せなくてはね」

わたしにはまったく話が見えなかった。いつかこの極悪人たちのどっちかがすべて説明してくれるだろう。わたしはばかにされてただけじゃなく、もとからばかだったんだ。

ヘンな話だけど、そのとき急にアルグルの姿が心に浮かんだ。アルグルなら、こんな人たちにだまされたりしないだろう。アルグルなら、なにが起こってるか気づくはずだもん。でも、もしアルグルがこんな状況に陥ったら、きっとすごい反撃をするだろう。わたしにはわかる。うまくいえないんだけど、わたしはたちまち自分がアルグルになった気がした。もうクライディじゃない。わたしはアルグル。背が高くて、強くて、自信たっぷりで、頭も切れる。それから勇敢。

わたしはアルグルの目でふたりを見て、こういった。「このワイン、ひどい味ね。たぶんあなたがたは慣れていらっしゃるんでしょうけど。でも、ほんとうにまずいわ」そしてワインがなみなみとつがれたグラスを逆さまにして、趣味の悪い床にそそいでやった。

ふたりはあんぐり口を開けて、わたしを見た。いい眺め。

そのときベルが鳴った。

みんながそっちを見た。イロネルとネミアンまで。薄く透きとおったカーテンから、またべつの奴隷がふたり出てきておじぎをした。それからもうひとり、若い女の人があらわれた。

この人は——なにから話したらいいのかな。やってみるね。花開いたばかりのサクラソウをつんで、その色を混じりけのないクリームと混ぜあわせたら、彼女の肌のできあがり。色合いといい、なめらかさといい、まさにそんな感じ。青みがかった黒い目は、目じりがつりあがってる。髪は青く——もとは黒かったんだろうけど——膝の裏まで板金みたいにまっすぐのびてた。服は白。でも雨でぬれたらしく、オパール色に変わってた。

「あら」年寄り魔女、イロネルがいった。「ムーン・シルクだわ」

この女性、ムーン・シルクは、非の打ちどころのない月のように白い足ですべるように歩いてきた。

するとネミアンが喉をしめられたみたいな声をあげた。両頬に雨が流れ落ちる。ただし、これは涙だったけど。

ネミアンはわたしを置き去りにし、こわいおばあさまも置き去りにして、この魅力的な女性のところまで歩いていくと、腕のなかに抱きあげた。そしてキスした。これぞキスっていうキス。

なにはともあれ、報告しなきゃいけない気がするから白状するけど、みぞおちを殴られた気分だった。

そしたら、イロネルがいわなくてもいいことをいった。ネミアンがいわなくてもいいのに、このいまわしいタワーの名をいったみたいに。「感動的ね、恋人たちの再会は。ネミアンとこちらのうら若い花嫁は、一か月前に結婚したばかりなのよ、クライディッサ。ネミアンがあなたを探しに出かける前に」


話してくれたのは、彼女（イロネル）のほうだった。話すのが楽しくてしかたがないって感じ。わたしはアルグルのままでいようとしたんだけど、アルグルなら、そもそもこんな窮地にはまったりしない。結局、わたしはクライディでしかなく、ちゃんと話を聞いて、なるべくうまく切りぬけるよりなかった。

話はすぐに聞かせてもらえたけど、イロネルはうるわしい尾ひれをたっぷりつけて、だらだら話した。わたしが泣くか、跳びあがるかするんじゃないかとうかがいながら。

その前にイロネルはわたしだけを連れて、ウルフ・タワーの最上階を歩いていった。あちこちの窓から見える建物を指していく。どれも醜いけど、重要な建物だった。たとえば、〈シティ〉のほかの地区には三つのタワーがあった。ビッグ・タワー、ヴァルチャー・タワー、タイガー・タワーの三つ。すぐにぴんとくるだろうけど、タイガー・タワーはかつてジザニア・タイガーが住んでたところ。ジザニアはそこで生まれた。

イロネルは中庭も見せてくれた。そこには灰色の石のかめが四つあって、そのなかにみずみずしい葉をつけた輝くような赤い花が生えてた。ネミアンが〈ハウス〉の会議室でジザニアに渡したのと同じ花。

いまごろ下の階では、ネミアンが妻と水入らずの時間を楽しんでることだろう。ムーン・シルクとふたりで。イロネルはしつこくそこに話をもどした。

でも、イロネルのもくろみは失敗に終わった。最後にはこっちも慣れてしまったから。だいたい考えてもみて。ネミアンはひどい夫だった。新婚一か月だっていうのに、チャンスと見たとたんに、ハルタの女の子といちゃついてたんだから。わたしにいいよったのはその必要があったからだけど、そっちはいいわけできない。

そのころには、わたしたちはタワー内のイロネルの私室に座ってた。これもやたらに大きな部屋で、こだまがするほどだった。外に見えるのは、広河の幅がまたぐんと広くなってるところで、むこう岸は見えなかった。

ウルフ・タワーはあまり暖かくない。〈ハウス〉にあったみたいな暖房設備はなかった。暖炉と石炭のかご（火鉢ってやつ）があるだけ。どっちも煙が出る。

それはともかく、イロネル・ノヴェンドットから聞いたことを書きとめなきゃ。このノートに記されてるのは、わたしの人生の物語だから。そして、これまでのことはなにもかもイロネルのせいで——あるいは〈ウルフ・タワーの掟〉のせいで起きたんだから。

そう。〈掟〉。

でも、これはまたべつに説明しなきゃいけないと思う。〈ウルフ・タワーの掟〉のことを話せば、それだけでひとつの物語になる。わたしの話なんて、そのなかの悲しいほどちっぽけな切れ端でしかない。

〈掟〉は（〈掟〉についてはあとで説明するね）、ネミアンにある少女を探すことを命じた。ある特別な義務を引きつぐべき少女を。それはたぶんなによりも必要な義務だった。なぜって、いままでその義務を果たしてきたイロネルが、さすがに年をとりすぎたから——と本人はいってる。

でもって、ここの〈掟〉は、オール大文字のＯＫＩＴＥ。絶対まげられないし、だれも逆らえない。

だからネミアンは、新婚ほやほやだろうとなんだろうと、熱気球で出発した。〈シティ〉には熱気球がたくさんある。めったに使われることはないけど。

そのうち気球の調子がおかしくなった。このままでは目的地にたどりつけない可能性もあった。結果として、目的地にはたどりついたけど、ネミアンが目指してた場所――〈ハウス〉――の大砲で撃ち落とされてしまった。ネミアンは探索の旅をしてると話してたけど、嘘じゃなかった。わたしがその探し物だった。ネミアンはわたしを探すために旅をしてた。こう話すと、わたしが大変な重要人物みたいに聞こえるけど、実際、そうだった。そう、重要人物。

なぜならジザニア・タイガーが若いころ、百年以上も前のことだけど、この〈シティ〉を出て、〈ハウス〉に住むようになったから（理由はだれも話してくれない。はっきりいって、本人がそうしたかったからそうしたって気がするけど）。〈ハウス〉とこの〈シティ〉の関係はよくわからない。でも、なにかつながりがあるのは明らか。

〈シティ〉を去るとき、ジザニアは約束をかわした。ウルフ・タワーの求めに応じて〈ハウス〉の王族の娘をウルフ・タワーにさしだすと〈掟〉にかけて誓った。イロネルが引退を決めたとき、その義務を引きつぐのにふさわしい娘をさしだす、と。

ジザニアがこの誓いを忘れてたのかどうか、わたしにはわからない。どうも忘れてたんじゃないかって気がする。こんなばかばかしいこと、覚えてたくないもんね。

でもネミアンが赤い花を渡した。〈とこしえ〉って花。しるしの花を受けとって、ジザニアはそのときが来たと悟った。

物語なんかにあるように、ジザニアがさしだすことになってたのは、たぶん自分の娘か孫だったんじゃないかと思う。

ひょっとしてジザニアは、ネミアンにわたしが——このわたしが自分の孫、娘の子供だと話してたのかも。

ネミアンにも、わたしにも嘘をついてたってわけ。さらにネミアンに入れ知恵もしたにちがいない。ネミアンもわたしに嘘をついたほうがいいだろう、って。ネミアンはその忠告を聞きいれ、ジザニアがいうようにわたしがほんとに目当てのプリンセスなのか疑いはじめたときでさえ、嘘をつきとおした。そのころには、わたしを連れてくよりなくなってたから。わたしが〈ハウス〉の出身なのは事実だし、〈ハウス〉なまりの言葉も話す。このなまりにはイロネルも気づくはず。ってわけで、わたしでもいけると踏んだんだと思う。おまけに、わたしはネミアンのいうことを信じて、彼と旅をつづけてしまうようなおばかさんだったしね。

ネミアンは、ペシャムバで一度わたしを失いかけた。ところがそうと気づくと、あわててわたしに泣きつき、とりもどそうとした。あの夜のネミアンはほんとに必死だったし、不安でいっぱいだった。わたしがいなければ自分の人生はなんの価値もないというネミアンの言葉は、嘘でもなんでもなかった。

さっきもいったけど、〈掟〉は絶対だから。ネミアンがひとりで帰ってたら、地位も、お金も、妻も失ってたはず。牢屋かなにかに放りこまれて、それっきり。

それが〈掟〉なの。これに逆らうことはできない。

たぶん荒地に逃れて、〈シティ〉にはもどらないって道もあったと思う。でも、ネミアンはもどりたかった。「ホームシック」を感じてた。っていうより――ムーン・シルクが恋しかったのかも。

わたしがネミアンと来たがらなかっただろうってことははっきりしてた。そうよ、イロネルやネミアンの目的がわかってたら、絶対にはねつけてたはず。だから、ジザニアがわたしにあらかじめすべてを話してなかったと聞いても、ネミアンは驚かなかった。あるいは、驚いてないふりをするしかなかった。

それだけでもずいぶんな話よね。でもそうなると、もうひとつ気になる問題がある。ジザニアは誓いを果たすために、なにがなんでもわたしをネミアンといっしょに送りだそうと決めてた。ってことは、お母さんが王族だって話も嘘だったんじゃない？　両親とも王族だとはジザニアもいえなかった。〈ハウス〉がプリンスとプリンセスを追放するなんて考えられないもん。でも、プリンセスが家来と恋に落ちたといえば、もっともらしく聞こえる。

もちろん、イロネルはわたしの名前を知ってた。っていうより、ジザニアがわたしのフルネームだといってた名前を。クライディッサ・スター。ジザニアはきっと選ばれた子供にそう名づけると約束してたんだろう。ううん、だれか適当な子供にこの名がつけられるように手をまわしたのかも。たまたまそれがわたしだったんだ。だから、名前なんてなんの証拠にもならない。

ジザニアはわたしがネミアンにのぼせてることに気づいてた。だから、どっちにしてもわたしが嘘をつきとおして、自分がプリンセスで、ネミアンにつりあう人間だと彼に思わせておくだろうと考えた。

だって、わたしがプリンセスって柄だと思う？

いったいわたしは何者なの？　ううん、何者だったのかっていうべきかな。

だって、いまはこのタワーに属してるんだもん。〈掟〉に。動物の石像まで醜いこの石の町に。

こんなもののためにアルグルをあきらめたなんて。彼のことなんか、なんとも思ってないって態度までとって。アルグルが落としたあの指輪――ああ、あれはわたしが受けとるはずだったのに。

もちろんそう。アルグルはわたしの運命、わたしはアルグルの運命だった。たとえアルグルがただ親切にしてくれただけだったとしても――わたしは外の世界にいられたはず。〈荒地〉と聞かされてたけど、必ずしもそうじゃなかった世界で自由でいられたはずなのに。気分が悪くなるまで泣くことも、笑うこともできるけど、それよりいまは書きつづけようと思う。まだ話したいことがあるの。我慢して聞いてもらえるなら。

〈掟〉――遵守

夕方、イロネルと食事をした。

イロネルの私室は不規則に広がってる。〈トラベラーズ・レスト〉くらいの広さ。ううん、そこまでは広くないかな。

ウルフ・タワーは、ネミアンが嘘偽りない気持ちで語ったとおり、広河沿いの〈シティ〉をすべる四つのタワーのなかでいちばん力がある。

でも、食べ物はあまりおいしくなかった。

イロネルは例のどろどろドリンクしか飲まない。歯がないからだと思う。すばらしい真珠の義歯が欠ける危険は冒せないみたいね。

テーブルに置かれた鉄の燭台で燃えるロウソクは、わたしの背より高かった。

ロウソクのことはともかく。

食事の前に、タワーの神聖な場所を見せられた。「神聖」っていうのは、もともとはカミサマに関わるって意味だった。ネミアンが詩的な言葉であれこれ説明してくれて、わたしはうっとり聞いてたんだけど、いまは「神聖」といえば、まず第一にウルフ・タワーがつくる〈掟〉を指すみたい。

〈掟〉。

どこから話せばいいのかな。〈掟〉とは――〈掟〉とはつまり――心を落ち着けたほうがいいみたい。もう一度、もう一度はじめから。

かつては四つのタワーすべてが〈掟〉をつくるにあたって発言権を持ってた。やがて、争いかなにかが起こって、ウルフ・タワーが勝利をおさめた。だから、いまはウルフ・タワーが〈掟〉をつくり、ほかのタワーはこれにしたがってる。

ここには召使もいなければ、女中もいない。いるのは奴隷だけ。でも〈シティ〉にあふれてる王族たち、奴隷たちが仕えてる王族たちもまた――奴隷だ。ウルフ・タワーの〈掟〉にしたがう奴隷。わたしもそう。ネミアンを〈ハウス〉から逃がしてから、ずっとそうだった。はじめにネミアンを愛してると思った瞬間から、というべきかも。

サイテー。

いまわたしが「住んでる」神聖な区域は、〈ルーム〉と呼ばれる主要な部屋のまわりにかたまってる。

〈ルーム〉は――意外にも――あまり広くない。

でも、燃えつきた薪みたいに真っ黒。

部屋にふつりあいなほど大きなランプが青く、高温で燃えてる。

壁沿いに棚があって、黒い箱がつめこまれてる。〈ハウス〉の図書室の本みたいにぎっしり。

〈ルーム〉の奴隷たちが細心の注意を払って整理し、保管した箱には――というのも、まちがえたらひどい目にあうからなんだけど――カードが入ってる。カードには、〈シティ〉の全住民の名前、男だろうと、女だろうと、子供だろうと、乳児だろうと関係なく、全員の名前が記してある。死んだ住人の名前もある。できれば、逃げた住人の名前だと思いたいけど。なんにしても、もうここにはいない住人のカードも、赤いしるしをつけて保管してる。

新しく加えられるカードもある。最初の夜、彼女がカードを加えるところを見た。そう、イロネルが。

奴隷たちが箱をイロネルのところに持っていき、べつの奴隷が赤ちゃんの名前を書いたカードを持っていく。赤ちゃんが生まれた家の奴隷らしい。イロネルはカードを受けとって目を通すと、笑みを浮かべて、箱の上に置いた。それで終わり。その奴隷は正しく番号を振ってファイルしなくてはいけない。さっきもいったけど、まちがえたりすれば――

キミョーなことになる。

でも〈ルーム〉のなかでまず目につくのは、〈ダイス〉だった。

ダイスというものだとイロネルがいってた。

わたしはいった（見てのとおり、「わたしのともしびはまだ消えて」ない。理由はわからないけど）。「〈ダイス〉とはなんなのですか、奥方さま」

イロネルは答えた。〈掟〉で使うのよ、って。ダイスって、知ってる？　じつをいうと、わたしはまだイマイチわかってない。〈ダイス〉は八面体で、それぞれの面に一から八までの数字が書いてある。

どういえばいいかな。カットしたダイヤモンドに似てなくもない、と思う。〈ダイス〉はふたつしかない。

〈ダイス〉は銀めっきの器のようなものに支えられてる。エッグカップに似てる。ただし、あちこちくりぬかれてるので、〈ダイス〉の形はだいたい見える。

〈ダイス〉は動くようになってる。そうでなきゃいけない。くるくる回転して、いろんな方向にころがる。〈ダイス〉がころがるのは一日四回。夜明けと正午と日没時と深夜。

どういうしくみでこんなふうにころがるのかはわからない。とにかく、そういうしかけになってる。でもイロネルがその場にいなきゃいけない。そして――わたしがやり方を学んだあとは――わたしがいなきゃいけない。イロネルのかわりに。

人はイロネルを〈狼の手〉と呼ぶ。

そして、わたしもそう呼ばれるようになる。

〈狼の手〉。

〈ダイス〉が止まると、イロネルはすべての面について数字が見えるか見えないかたしかめ、〈ダイス〉を「読む」。そして古い数学の本三冊を調べる。この本はすぐに参照できるように〈ルーム〉の大理石のテーブルに置いてある。こうして〈掟〉がなにをしろと命じてるのか、だれがしなければいけないのかがわかる。

〈ダイス〉は同じ倒れ方をすることも多いけど――なにしろ〈ダイス〉はふたつしかないし、それぞれ八面ずつしかないから――どうやら日や時間によってちがいが生じるらしい。あるいは数学的なこととか、あと月相によってもちがうんだって。こんなの理解できる？　わたしにはムリ。

というわけで、本のことも、〈ダイス〉のこともわたしにはわからない。

だれがなにをしなければならないのか、イロネルはどうしてわかるんだろう。

でも、それはどうやら本の数字を見ればわかるものらしい。〈ダイス〉がまわると、その都度しなきゃいけないことがわかる。そしたら、〈ダイス〉がくれたメッセージを〈シティ〉の住人十六人と結びつける（八面が二組あるから）。それが一日に四回。

ってことは、しめて――それさえわかんない。

数学は大の苦手——十六の四倍だから——毎日六十四人（べつの紙に書いて計算したの）。〈狼の手〉がどんな〈掟〉を告げようと、この六十四人は必ず命令を実行しなきゃいけない。なにがなんでも絶対に。毎日。

イロネルが例をあげた。

ネミアンがムーン・シルクと結婚したのも、〈ダイス〉にそうしろといわれたからなんだって（ムーン・シルクの意志はどうなるの？）。

ネミアンがわたしを探しだして、ここに連れ帰ったのも、べつの日に〈ダイス〉にそうしなきゃいけないといわれたから（だから、わたしの意志はどうなるのよ？）。

要するに、指名された者がしたがわない場合や失敗した場合は、〈シティ〉の地下に投獄されるらしい。広河の水がしみこんでじめっとしてる、暗い場所みたい（イロネルはこの話をするのも好きだった）。

ただゾッとしたってことをべつにすれば、これ以上話せることはない。科学なんてちんぷんかんぷん。どうやってこのいまわしい〈ダイス〉やら、恐ろしい数字の本やら、月相やらを習得しろっていうの？

顔には出さなかったけどね。いたってクールな顔で突っ立ってた。

イロネルはその日の夕暮れどきの解釈をするところをわたしに見せた。イロネルがやると、簡単そうに見える。でも、まあ、五十年以上もやってきたことだしね。〈ダイス〉がまわり、最後はななめになったり、まっすぐになったりする。イロネルはそばに行って、〈ダイス〉を見る。それから本のところに歩いてく。この本をとても重んじてて、〈シティ〉に三冊しかないきわめて貴重なものなのよ、とくりかえしいいきかせた（本を開いて、なかも見せてくれた。何百という数字の列に、わたしの頭も〈ダイス〉みたいにぐるぐるまわった）。

イロネルは数字の列を指でなぞり、ページをめくりながら、舌を真珠の歯につけて鳴らした。やがてイロネルが〈掟〉を告げ、奴隷たちがひとつひとつ記録した。そのあとウルフ・タワーの伝令たちが（彼らも奴隷なんだけど）、ご指名を受けた幸運な住人に命令を伝える。だけど〈掟〉の内容はとんでもなかった。

ある男の人は（九〇三番だったと思う）家を出て、路上で「なるべくよい」生活をしなきゃいけない（信じられない）。五三三四番の小さな女の子は、カタツムリの衣装を着ることになった。背中には殻もつけて。

ほかのは忘れちゃった。そんなにひどくはなかったから。ううん、ひどいのもひとつあった。ここに書くのもいやなくらい。

でも、やっぱり書いておく。番号も名前も覚えてないけど、この命令が下った人たちは、川に飛びこみ、むこう岸まで泳いで行き来しなきゃいけない。「疲れた」ときには、数分だけ島か岸で休んでもいい。親戚が食べ物や「慰め」を持っていくことも許された。

この罰がいつ終わるのか指示はなかった。期限があるのかどうかもあやしい。ただし、これは罰とは呼ばれてない。

これが――これこそが――〈掟〉なの。

住人のなかには、生涯〈ダイス〉に番号と名前を呼ばれることなく、人生を楽しむ以外になんにもしないですむ人もいる。あるいは、そうとうばかばかしいけど、まあ、それほどひどくはない命令を下される場合もある。新しいシャツを買ってこい、とか。

そうかと思うと、一年以内に赤ちゃんを産めといわれたり。

壁の上に裸で立て、とか。砂漠に行ってライオンと戦え、とか。

わたしは〈ダイス〉からそうした命令を読みとって、それを告げなきゃいけない。〈狼の手〉にならなきゃいけない。イロネルにかわって。

あなたはここで年をとっていくのよ、とイロネルはいった。

やり方を覚えなかったら、どんな目にあわされるかわかったもんじゃない。でも、こんなことができるようになるとは思えない。

できるようになりたいとも思わない。こんなふうに人を傷つけたり、ばかなまねをさせたり、人の生活をぶちこわしたりしたくない。イロネルみたいに、笑顔でそんなことをするなんてまっぴら。

わたしの部屋は広かった。バスルームと寝室とリビングがある。錦の織物と毛皮と暖炉とランプも。

壁のひとつは、金や宝石がごてごて飾ってあった。わたしはそれがいやだった。

奴隷が五人、わたしについてる。

イロネルの役目を引きついだら、もっと大勢つけられるんだろう。わたしが「望む」ものはなんでも与えられるはず。

そのかわり〈ダイス〉が自動的にまわるたび、必ず本を読んで〈掟〉を解釈し、結果を告げなきゃいけない。

その夜、深夜の〈ダイス〉のあと、わたしはぜいたくな白いサテンのベッドで眠ってると見せかけた。

なんにも見えない真っ暗闇のなかで起きあがり、外に出ようとした。

でも部屋の外には奴隷がいて、わたしに「お仕え」しようと飛んできた。

奴隷たちの目は、沼地のワニの月のような目にそっくりだった。冷たくて、なにを考えてるのかわからない。心も感情もない。

〈狼の手〉はときどきお供を引きつれて出歩くこともある。イロネルがそういってた。翌日、わたしも散歩がしたいといってみた。

反対はされなかった。五人の奴隷もいっしょについてきたけど。それからライフルを持った白い制服の男も。

すれちがう人はごくわずかだった。ほとんどは椅子に座って、奴隷たちに運んでもらってた。奴隷たちには顔がない。あ、もちろん顔はあるんだけど、紙でできてるみたいで、ちっとも人間らしくない。

変わることなく陰気に降りつづける雨のなかに建物がそびえてる。

わたしは部屋を調べた。窓には金めっきを施したきれいな鉄格子がはまってるし、どっちにしてもここは地上十人身以上の高さがある。これじゃ、囚人よね。

そりゃ、作戦はいろいろ考えた。物語の本に出てくるような手を。奴隷をうまく巻いて逃げるとか、うんと速く走って逃げるとか、警戒をゆるめてくれるように病気のふりをするとか。油断なく見張ってるはずだと思うから……そうじゃない？　でもこんな手がうまくいくとは思えない。どれもダメ。だって、見張りがどこにでもついてくるんだもん。おまけに〈シティ〉そのものが見張ってるし。ペシャムバみたいにクリスタルでできた装置じゃなくて、銃みたいに黒く突きでたものが、路上のわたしたちの姿を追ってる。

〈シティ〉じゅうの住人の名前があの箱に入ってる。いまはわたしの名前も。それからイロネルの名前も。

不安ばかりがつのって、挫折感さえわいてこない。イロネルが貴重な数学の本の中身について教えてくれるんだけど、わたしが理解してると思ってるみたいだし。理解なんかしてないのに。理解できるはずがない。教育を受けたことがないんだもん。二たす二が三になっちゃうんだから。

あの人、頭がおかしいのかしら？　それとも年をとってるだけ？　イロネルに質問されても、わたしはでたらめに答えるか、まったく答えないかなのに、イロネルはとがめない。うなずくだけ。しばらくほかの人の姿を見ていない。顔を合わせるのは、奴隷たちと白い制服の衛兵だけ。あとははるか下方、この不吉な〈シティ〉の舗装された道路を歩いてく人たちをときどき見かけるくらい。それからもうひとり、イロネルもね。

〈掟〉はゲームだ。つまり、ここの人たちはゲームをしてて、それを掟と呼んでるだけなの。ただし、したがわなければ死ぬことになる。

わたしが規則を覚えるまでは、イロネルが〈掟〉の守り手。覚えたら、わたしが守り手となる（考えてみれば、〈ハウス〉の〈しきたり〉にむかむかしてた人間なのに）。

ネミアンはわたしが頭のなかでつくりあげた人物なんじゃないかと思えてきた。アルグルもそう。それから、あなたも——実際、あなたは頭のなかでつくりあげたんだけどね。でも、ねえ、どうか助けてちょうだい——どうしたらいいのか教えてほしい——助けて、わたしを救って。あなたしか頼れる人はいないんだもの。もちろん答えてもらえないのはわかってるけど。

どうなってるの？　あなたの声が聞こえた気がする。あなたの呼びかける声が。ありとあらゆる言葉と声が。おかげで助かったわ。

ありがとう……。

ありがとう。

狼たち

イロネルが病気になった。

今日の夜明けの〈掟〉をすませたあと——わたしは同席しなくてもいいんだけど——そのままベッドにもどったらしい。

奴隷にそう聞かされて、わたしはお見舞いに行かされた。べつの奴隷が例の赤い花を渡してくれた。それをイロネルに渡せという。どうやらそれが、早くよくなってくださいという気持ちを示す、礼儀にかなったやり方らしい。

（いっそ窓から投げてやりたい。さすがにそうはしなかったけど）

イロネルはベッドに座ってた。ベッドはボートみたいにばかでかくて、金の鎖のカーテンつき。

イロネルはすぐにこっちを見た。

人払いをしたあと、わたしにいった。「〈掟〉を決める理由はまだ話してなかったわね。それを話しておかなくては。あなたはほんとうに飲みこみが早いから」

わたしは息を飲んだ。この人、脳みそが腐ってるんじゃないの？

でも、イロネルはいった。「無作為の災難。狂気あふれる冒険。〈掟〉は人生をそのまま写したものなのよ」

それだけ。わけがわからなかったけど、とりあえず落ち着き払ってうなずき、考えにふけってるような顔で虚空を見つめた。

そしたらイロネルがいきなり笑いだし、わたしはぎょっとした。年寄りじみた、おぞましいばか笑い。想像つくでしょ？　真珠の歯をかたかたさせて、大笑いしてる。

「ねえ、クライディッサ」やっと口がきけるようになると、イロネルはいった。「すぐにも〈掟〉を引きついでもらわなきゃいけないかもしれないわね。わたしは病気なの。この仕事はもう荷が重すぎるのよ。だから心の準備をしておいてちょうだい。健康に気をつけて。散歩をするといいわ、クライディッサ。わたしたちの壮麗な〈シティ〉を歩いてらっしゃい。美しい広河をごらんなさい。運動をするのよ。わたしがいったことをよく考えて。あなたはタワーの狼《ウルフ》になるの。あの強大なる〈ダイス〉や、あのかぐわしくまれなる本、あの重大なる箱。わたしたちの生活はそれで動いているのよ」

わたしはふるえてた。「わかりました、奥方さま」

イロネルの言葉は〈掟〉だ。わたしはそれを引きつがなきゃいけない。それに散歩もしなきゃいけない（ってことは、あのエレベーターでまたタワーを下りなきゃ）！

だから、わたしはいわれたとおり散歩をすることにした。それはできる。問題は、あの本を読んで〈掟〉を決めること。そんなことできやしない。広河に飛びこんだほうがマシ。

いってなかった気がするけど、いまではいつも正しい服装をしなきゃいけなかった。わたしがだれだかわかるように。つまり、次期〈狼の手〉だとわかるように。どうりでだれも話しかけてきたり、こっちを見たりしないはずだわ。

このドレスはすごく重い。うろこや甲殻にびっしりおおわれた甲虫かトカゲになった気分。髪なんか、金のくしで巻きあげられて、皮が突っぱってるし。鏡を見たって、もうわたしだとはわからない。いまのわたしの気持ちにぴったりの姿。カンベンしてって感じ。

でも、今回は〈シティ〉に下りて、いつもより注意深くいろんなものを観察した。なぜだかわからない。うしろめたかったのかも。広河に飛びこむ気はなかったから。

通りすぎる人たちは、飾りたてた椅子で運ばれたり、ときには奴隷たちをお供に引きつれて歩いたりしてたけど、みんな同じに見えた。わたしにそっくり。ごてごて着こんで、糊でぱりぱりで、つまんなさそう。

まあ、べつに天才的頭脳の持ち主じゃなくても、その理由は見当がつくけどね。この人たちがここに住んでるのは、そうしなきゃいけないと思ってるせい。でなきゃ、とっくに出ていってるはずだもの。そして、ここにいるかぎり、たとえいまのところは自分や大切に思う人たちに〈掟〉が降りかかったことがなくても、毎日四回、降りかかる可能性があり、たぶんいつかは降りかかるだろうってことはわかってる。

わたしはウルフ・タワーの下を歩き、岸辺や埠頭を歩いた。ここには高さのある不気味な船が鎖でつながれてるって話だった。それから川幅がまた広くなり、むこう岸が見えなくなる。ネミアンが話してたように。

物悲しい雨が降ってた。

あの冷たい灰色の水のなかで泳いでる人がいた。

それがだれなのかはすぐにわかった。あの人にちがいない。番号は覚えてないけど。

涙があふれでた。わたしはこぶしを握りしめた。

なにもかも狂ってる。まるで悪夢。

奴隷のひとりがやってきて、顔をふくようにハンカチをさしだした。傘を持ってる奴隷はさっきわたしに追い払われたんだけど、またそっと近づいてきた。

わたしは奴隷たちのほうを見た。

「ひとりになりたいの」奴隷たちは表情も変えなかったし、なにもいわなかった。「いいから、そこに立ってて。あの広場に行ってくるだけだから。ちょっと——買いたいものがあるの。ついてこないで。いまは用がないから」

驚いたことに、わたしが歩きはじめても奴隷たちは動かなかった。ライフルを持った衛兵さえ動かない。

こんなにカンタンなことだったの?

予想外だった。ただわたしのいうがままにするなんて。だったら、奴隷たちをかわして逃げることもできるかも。

でも、どこに? 〈シティ〉から逃れたところで、外に広がってるのはなにもない灰色の砂漠だけだった。どっちにしても、みすみす逃がしてくれるはずもない。〈シティ〉そのものが。〈ハウス〉はわたしを追おうともしなかった。いまなら理由もわかる。ネミアンとわたしが逃げられるようにジザニアが手を打ったんだ。でも、ここではそうはいかない。理由は同じでも。

わたしは通りを横切って、広場に歩いていった。それでもなにか計画を練ってみるべきじゃない――?

広場の端に人が集まってた。意外だった。この町でこんなに大勢の人が集まるのはあまり見たことがない。

〈シティ〉ではお金が使われてる。わたしもネミアンが持ってたみたいな青緑の紙幣がたっぷりつまった整理だんすをもらった。ここの住人は王族ばかりに見えたけど、なかにはものをつくってる人たちもいた。腕がいいとはいえないけど、つくったものをおたがいに売ってる(服とか、食べ物とか、生活に必要なものは奴隷が用意するけど、もちろん奴隷にお金は払われない）。

ここでだれかがなにかを売ってるのかしら。集まってる人たちは興味津々という顔をしてた。これも珍しい。

地面にだれか座ってるみたいだった。ほかにもふたり柱にもたれてる。ここの地面は座るためのものじゃないし、柱ももたれるためのものじゃない。それにこの奇妙な三人組は奴隷みたい。きらきらしい格好はしてなかったから。

近づいていくにつれて、子供たちもいるのがわかった。恐ろしく窮屈な宝石だらけの甲虫服を着て、じっと見つめてる。でも、いきなり子供たちが金切り声をあげたと思ったら、あざやかな閃光が見えた。黄色と青の光が空に上がり、燃える星のように輝いてる――

花火だ！　ネミアンから聞いてたから、すぐにわかった。〈シティ〉には花火がある。でも、いままで見たことはなかった。

人混みの外には奴隷たちも立ってて、地面に座ってる男の人を見つめてた。

それから小さくバンッて音がして、子供たちが、うわあっ！　とほんものの子供らしい声をあげた。空に火の鳥があらわれた。エメラルドグリーンと紫の火の鳥は、ゆっくりと美しい金色の扇のような尾を広げた――

クジャクだ。花火のクジャク。

わたしは人垣の端までやってきた。ちがう。いまでは三人の姿がはっきり見えた。この三人は〈シティ〉の住人じゃない。年寄りで、ずいぶん汚らしい。長い髪と長いもじゃもじゃのひげは泥や小枝だらけで、お粗末な鳥の巣みたいだし、顔はくしゃくしゃに丸めたぼろきれみたい。服は正真正銘ぼろきれだった。ぼろを何枚も重ねた上から、ぞっとするほど古びた毛皮の上着をはおってる。

地面に座ってる老人が汚い手袋でおおった両手を動かすと、どこからともなく色のついたボールがあらわれた。そこから鳥が飛びだした。鳩のように白い鳥だった。鳥たちが舞いあがるのを見て、わたしは思った。ああ、カミサマ、あの鳥たちはどうなるの？　〈シティ〉に来てから、石でない鳥や動物なんて見たことない。ハエ一匹見たことがなかった。木々も、花も——〈とこしえ〉と呼ばれるあの赤い花をのぞいては。

でも、鳥たちは光のなかに溶けた。ほんものじゃなかったみたい。

もちろん、わたしはそのとき、アルグルがテイルの耳から生きたスズメをとりだしたことを思い出した。

でも、もう泣くつもりはなかった。

子供たちが笑いながら指をさしてた。光でできた小さなウサギが足もとで跳びはねてる（この子たち、ウサギなんて見たことあるのかな）。大人たちも笑みをこぼしてた。おまけに——ああ、カミサマ——奴隷のひとりも笑ってる。これにはびっくり！

柱にもたれてる色黒の老人は、わたしをヘンな目で見てた。もうひとりもいきなり強烈な言葉を三つ吐いた。

ほかの人たちはあまり気にしてなかった。それが品のいい言葉じゃないことを知らなかったから。わたしがはじめて聞いたときと同じように。

「**トロンキング・オック・グラルプス！**」

奇妙なことに、ふたり目の色黒の老人は振りむいて、驚くべき力でもうひとりの老人の胸を押した。

するともうひとりは痛そうな声でうなった。「気をつけろよ、メフ。彼女に——」

「だったら、騒ぐな」

わたしはもう通りに立ってはいなかった。高く、高く舞いあがってた。科学と魔法に通じてたアルグルのお母さんが息子につくり方を教えたにちがいない、魔法と科学の光のように。

地面に座ってたよぼよぼのおじいさんは、立ちあがろうとしてた。そのひげの汚らしさときたら、三人のなかでもピカイチ。その動きはぶざまでぎこちなく、立ちあがるのにも時間がかかった。

子供たちはもっと手品を見せてと騒いでる。老人は手品のかわりにタフィでくるんだ焼きリンゴをひとつずつ渡した。たぶんペシャムバから持ってきたのね。それから大人——と奴隷——には色紙で包んだペシャムバのチョコレートを配った。

それからこっちにやってきた。うめき、足を引きずり、鼻をすすりながら。にらむような目をして、ぞっとするほど汚いひげをなびかせてる。そしてわたしの前で立ちどまった。わたしは顔を上げて、相手の目をのぞきこまずにいられなかった。

彼のうしろでメフメッドとローがたたきあって（ついでに埃の雲を立ちのぼらせて）、げらげら笑った。子供たちはあたりを跳びはねて、リンゴあめにかぶりついてた。大人たちは驚いたようすでチョコレートの包みを開いてる。胸がつぶれそうな光景だった。だって、この人たちもすてきなものをもらったことがないのは、一目瞭然だったから。タダでもらったことは一度も。

「やあ、クライディメーメー羊」顔に化粧と泥をこってりぬって、馬の毛をつけ、みごとに変装をしたアルグルがいった。「またやっかいごとに巻きこまれたようだな」

「そうなの、アルグル」

「泣くなって。きみが泣くところなんか見たことがない」

「これは雨よ」

「ああ、なるほど。もちろんそうだろうさ」

わたしたちは建物のポーチに入って雨を避けながら、急いで話をした。時間がないかのように。でもペシャムバのＴＯＫＥＩがいうとおり、どんなことにも時間は十分にある。

（雨のなかにわたしの奴隷と衛兵が見えた。広場の端でじっと待ってる。たぶんわたしが汚らしい老人と話してるのには気づいてるだろうけど、なにが起こってるかはわかってないはず）

「どうして追ってきたの？　すごく怒ってたんじゃ――」

「気が変わったんだ。それに、あいつのことは信用してなかったからな。だからさ。ここに来るのには少し時間がかかった。あの男は完全無欠の〈シティ〉と、栄光のウルフ・タワーの話をさんざんくっちゃべっていたが、こんな町は見逃しようがない。まったく醜いのひとことにつきる。狼はこんなんじゃない」

「そうね……狼ってどんなふうなの？」

アルグルは笑った。「それでこそクライディだよ。狼は勇敢で、忠実だ。必要とあれば戦うが、普段は戦わない。おたがいを愛し、いつもいっしょにいる。ハルタと同じさ。ハルタこそ、狼なんだ」

「アルグル――」

「きみが衛兵を捨ててきたのは見てた。このままゆっくり歩いていけば、たぶん――」

「ダメよ。わたしもそれは考えたわ。でも、〈シティ〉からは出してもらえない。わたしが逃げようとすれば、追ってくるわ。それがここのいまいましい〈掟〉なのよ」

「いちかばちかやってみるしかないだろう。シリーを連れてきた。ああ、シリーは元気だ。きみを恋しがってる」

「わたしも恋しかったわ。ああ、シリー――」

わたしはこのよぼよぼの汚い老人をじっと見つめた。この老人が彼だったなんて。

シャツの穴や裂け目から、ガラスのお守りがウィンクしてる。

「ムリよ、アルグル。危険すぎるわ」

「意気地がないな」

「そのとおりよ。でも、あなたのためでもあるわ。けがをしてほしくないの」

アルグルはお守りに手をやった。「これを見てくれ」

「ええ、覚えてるわ」

「きみがヒツジ族のチャリオットに乗っていたとき、おれがこれを見たのを覚えているか」

「ええ」

「こいつはいろんなことを教えてくれる。母が――彼女がいったんだ。もしおれが――おれにとって大切な女性に出会ったら――」アルグルはそこでいいさした。

アルグルったら、照れてる。ここまでいっておいて。こんなせりふの途中で。わたしは目を伏せて、アルグルにチャンスを与えた。するとアルグルはいった。「この球状のお守りは、ガラスに見えるだろうが、化学的な物質なんだ。おれが特別な女性に会ったら、こいつは反応する。その気持ちがほんものなら。いまも反応してるんだ、クライディ」アルグルはお守りではなかったペンダントをはずし、手にのせてさしだした。ガラスのようでガラスじゃないものが曇り、なかでなにか動くのが見えた。それだけ。でも、そこに見えたのは愛だった。

そういえば、あのときメフメッドもこれをのぞきこんで、雄たけびみたいな声をあげてたっけ。

それからナイフを投げて、歯でキャッチした。

「アルグル、やっぱりいっしょには行けないわ。そりゃあ、行けるものなら、行きたいけど――」

「そのせりふは前にも聞いたよ。その結果、どうなった？」

「知ってるの？」わたしは訊ねた。「〈掟〉のことを？」

「ああ。おれたちはよそ者だからな。ここの住人たちも、おれたちには不満をもらせるのさ。だからなにもかもわかってる。まったく――」アルグルはわたしが聞いたこともないような言葉を吐いた。

「だったら」わたしはしどろもどろになった。「わかるで――」

「クライディ、ふたつのダイスとくだらない古書が、町じゅうの人間にこんなふうに恐怖の生活を押しつけてるなんて、本気で思っているのか。あの子たちを見ただろう。それに大人たちも。ダイスが邪悪なわけじゃない。本が邪悪なわけでもない。人なんだよ。これは人が引きおこしたことなんだ」

わたしの頭のなかで、なにかがかちっと鳴った。ほかにいいあらわしようがない。わたしは言葉もなく立ちつくした。「クライディ――」

「待って――ちょっとだけ――ああ――」

アルグルは待ってくれた。アルグルもわたしが好きだから。わたしにも、自分であがいて考える権利があると思ってくれてる。

やがて、わたしは断固たる決意でいった。アルグルは聞いてくれた。

わたしの話が終わると、アルグルはいった。「クライディ、いっそきみが頭の弱い人間ならよかったと思うよ。そのほうが楽だったのに」

子供たちは雨でもかまわず、灰色の広場でゲームをしてた。楽しそうに走りまわって、声を張りあげてる。大人たちは口いっぱいにチョコレートを頬張って、子供たちを止めようともしない。

ああ、ネミアンがこの町を出てから、夢中になって遊びまわってたわけがやっとわかった。

ネミアンが気の毒になってきた。それからこのうえなく美しい奥さん、ムーン・シルクも。

メフメッドとローは雨のなかに立ってた。びっしょりぬれて、悪臭を放ってる。

「わかった」アルグルはいった。「やってみるといい。だが、もし――」

わたしは首を振った。

するとアルグルはわたしを捕まえてキスをした。あの「ひげ」越しに。それでも――（メフメッドとローはひやかすように口笛を吹いて、「ハルタイ・シューラ！」と叫んだ。これはリーダーの恋人って意味。その声は遠かった。ふたりは疲れて、黙ってしまった）

いま大急ぎでこれを書いてる。わたしはあの「ガラス」の「お守り」に愛を見た。人は愛をあっさり見すごしがち。でも、愛はとてつもなく大きい。まるで奇跡。わたしがやむにやまれぬ気持ちに駆られて、あの広場に歩いていったら、彼を見つけたように。

たとえ今夜失敗して、死ぬことになっても、あのキスはわたしのもの。

キスはやけどになんか似てなかった。それより翼が生えた気分。

花火

　正午に〈ルーム〉でイロネルに会ったとき、イロネルはわたしを見るなり、「その指輪、見覚えがないけど」といった。

「母の形見です。トワイライト・スターの。プリンセス・ジザニアが渡してくれたんです」

「ダイヤモンドかしら。ずいぶん原始的なデザインね。でも、わたしは好きだわ。まるで――星のようで。よく似合いますよ」

「ありがとうございます」

「きっとあなたを愛してたのね」イロネルは残念そうにいった。

　母が愛してくれてたかどうかはわからない。トワイライトという名だったかどうかさえ。この指輪はアルグルからもらった。ペシャムバの子供たちがアルグルに返したあの指輪。アルグルはわたしを愛してる。そのことはわかってる（ちなみに、この指輪はもともとアルグルのお母さんのものだった。だからまるっきり嘘ってわけでもない）。

　わたしはイロネルが正午の解釈をして、ここにはとても書けないような恐ろしい〈掟〉を告げるのを注意深く見守った。

あの散歩に出るまでは、イロネルが長くこの義務をつづけられるようにと願ってた。でも、いまはちがう。正午の義務が終わると、わたしはいった。「奥方さま、ベッドにおもどりになったほうがいいのではありませんか。顔色がよくありませんけど」

そんなことはなかった。イロネルは鉄のように頑丈な老婦人で、吐き気がするほど健康そう。

そして険しい目をしてわたしを見た。

「まあ、そうかしら、クライディッサ」

「奥方さまがおっしゃるとおり、わたしがレッスンを受けてきたのはこのためです。これはもうわたしの仕事です。わたしが引きつぎます」

前にワニの姿について書いたでしょ？　長い口に歯がずらっと並んでる、って。そう、イロネルの笑顔はまさにそんな感じだった。口が顔をふたつに分断しちゃったみたい。おまけに毒気を含んだ目が輝いてた。

「ああ、クライディッサ。そうしてくれると、ありがたいわ。二、三日寝ていれば、また元気をとりもどせると思うの。ええ、そうよ、あなたはもう〈掟〉を解釈できるだけの力をつけているんですもの。なんといってもね。たぶんわたしが復帰する必要もないでしょう」

そこのところはどうか自信がなかった。だって、この計画を考えついたのは、ほんの一時間前だもの。わたしの考えが当たってたとしても、イロネルの計画に踊らされてる可能性もまだぬぐえない。わたしを傷つけようとする計画に。わたしが危険な賭けに出ようとしてるのはたしか。屈服する前に鼻をかみ切ってやると「盗賊団」に叫んだときと同じ。わたしを止めることはできない。いまとなってはもう。

わたしは深々とおじぎをした。

「いま考えたのですが、この聖なる〈ルーム〉に残ってもかまわないでしょうか。すばらしい本やなにかにもっと慣れたいので」

「そうなさい、クライディッサ」それからイロネルはまたあの顔を見せた。急にうつろで、老けこんだような声になる。「何年もこのときを待っていたのですよ」

イロネルは背をむけると、杖で銃声みたいな音を立てながら部屋を出ていった。

巨大なパニックの波が押しよせた。

わたしは無視した。ほかにどうしようもないってときがある。

「この部屋、凍えそうだわ」わたしは近くにいた奴隷にいった。寒くなんかなかった。むしろランプのせいで暑すぎるくらい。「火のついた火鉢をふたつ、三つ持ってきてちょうだい」

火鉢を持ってきてもらい、あぶられそうなくらい火をがんがんたいたあと、奴隷たちを追い払った。日没までに七時間ある。これをうまく乗りきれば、さらに深夜まで余分に時間ができる。

イロネルがいきなりもどってくることはあるかしら。「とても気分がよくなったわ！」とかいって。なんとなくそれはないって気がした。イロネルは五十年もこんなことをつづけてきて、いいかげんいやになってる。ってことは、自分のこともいやになってるにちがいない。

だって、わたしの考えが正しければ——もし正しければ——

イロネルはわたしが〈掟〉を習得したといいつづけてきた。いいわ、習得してやろうじゃない。

〈ハウス〉では、きつい仕事は慣れっこだった。これもきつい仕事だった。動かすことのできる脚立にのって上段の箱をとりだし、それから中段の箱を出し、下段の箱は膝をついて出した。全部もとの位置にもどせるように気をつけながら。まあ、なにもかもすっかりってわけじゃないけど。一度か二度、〈ルーム〉の外の部屋に出た。おもに体を冷やすため。窓があって、ちょっぴり驚いた。灰色の日が一変してたから。雲がゆっくり川下に吹き飛ばされてく。空はうっすら青くなった。

これは好都合だった。このほうが日没が訪れたときにわかりやすい。

奴隷はひとりもいなかった。部屋の外、イロネルの私室につづく廊下は無人――に近かった。白い衛兵のライフルが立てかけてあるのが見える。わたしの衛兵と奴隷たちがそこで待ってる。〈ルーム〉は焼けつくように暑かった。オーヴンのなかにいるみたい。でもわたしは作業をつづけた。

あとで外の部屋に出てきたとき、西の窓が赤く染まろうとしてた。実際、太陽はそっちにかたむき、広河の上に低く輝いてた。わたしは作業を中断したほうがいいと判断した。

〈ルーム〉のなかでふんぞりかえり、威厳たっぷりに立って、〈掟〉担当の奴隷たちがやってくるのを待った。

奴隷たちは時間ぴったりにあらわれた。遅刻のリスクは冒せない。

すでに〈ダイス〉を支えてるエッグカップみたいなもののなかから音がした。回転前のウォーミングアップの音だ。

イロネルがわたしのようすを見にくるんじゃないかって不安は最後まであった。でもイロネルは来なかった。来てれば、わたしの考えがまちがってたことになるのかな。ううん、ならないかも。イロネルのことはさっぱりわからない。それをいえば、ジザニアのことも。たぶんイロネルやジザニアは自分たちには規則を変えられないと感じてたんだと思う。でも、わたしを選んだときに気づいたんじゃないかな。こんなことに耐えられない人間を自分たちが選んだことに。そして、わたしが自分の思ったとおりにするだろうということに。

ふたりがそう思ってくれたんだといいけど。ふたりのためにも。

奴隷たちが並んで入ってきた。わたしたちはしかるべき畏敬を払っていかめしく立った。

〈ダイス〉が音を立てて回転した。そして止まった。

いまだ。

わたしは歩いていって、注意深く〈ダイス〉を見た。それから迷って考えこんだ。そのあと三冊の本を見にいった。ページをめくって、中身を見て、首を振る。顔をしかめ、もったいぶって結果を伝えた。

奴隷たちがすべて書きとめた。

ひとつだけいつもとちがってたのは、数字も名前もわたしが告げたってこと。奴隷たちが箱のなかをたしかめないですむように、わたしのほうであらかじめ数字と名前を選んでおいたの。奴隷たちも不服を唱えなかった。

いまでは自分がどんな〈掟〉を告げたのか全部は覚えてない。えっと、なにがあったかな。クライディの〈掟〉として告げたのは……。

ある男の人は、ある女性がつくった不細工な壺を買いにいって、すてきですね、といわなきゃいけない。べつの男は自分の家ですべてのロウソクに火をつけて、すべての友人をディナーに招かなくてはいけない。そのあと、友人たちもお返しに彼を招かなくてはいけない。

ある女性には恋をしなさいといった。これは覚えてる。それから六つの家族にゆったりした服を子供たちに着せていっしょに遊びなさいと命じた。

ふたりの男にはこういった。〈シティ〉の外で植物と動物を買ってきて、人々に見せ、世話をしなさい。べつのふたりには、庭と果樹園をつくるよう手配しなさい、といった。

それから、ほんとうにおもしろいものを見つけて、笑いなさいと命じられた人が二、三人。すばらしいとはわたしも思ってないけど、この日没の〈掟〉は、いままでのほどばかばかしくはないはず。それほど害にもならないし。

だれもわたしに文句をいわなかった。奴隷たちは命令を携えて出ていった。奴隷がいなくなると、わたしはまたルームのドアを閉めて、作業のつづきにとりかかった。

これからたびたび夢に見そうな気がする。黒い箱をせっせと火鉢に運んでは、名前と番号の書かれたカードを火にくべ、それらがめらめら燃えて、永遠に消えてなくなるのを見つめる夢。

それ以上に、あの貴重な本から一枚残らず引きちぎったページの燃える夢を見るかも。〈シティ〉に三冊しかないあの本。イロネルはくりかえしそう話してた。ごわごわした羊皮紙はときどき奇妙な茶色の炎を上げて燃えた。

火花は天井まで飛び散った。アルグルの手品のように。あるいはペシャムバのＴＯＫＥＩのように。

腕と背中が痛かった。喉はひりひりするし、目も煙でちくちくする。

お腹もすいてきた。ものすごくってことはなかったけど。

やっとのことで作業が終わった。そのあと、最後の仕事にとりかかった。

ランプの灯心をホルダーごととって、〈ダイス〉のところまで持っていく。それから慎重に、念入りに、表面に書かれた数字をひとつずつ焼き消した。全十六面が真っ黒こげになるまで。〈ダイス〉は好きなようにまわることができるけど、もうなんの意味もない。

そのあと黒い壁にメッセージを焼きつけた。白い焼きあとは読みやすく、消しにくい。

メッセージは次のとおり。

ウルフ・タワーの〈掟〉を告げる：もはや〈掟〉は存在しない。

その下に自分の名前を書いた。クライディッサ・スター。

そのあとで思った。わたしったら、なんてことをしちゃったの？

でも、いまさら遅い。だから、このノートとタワーからくすねたインクペンシル十本と筆記具が入った金色のかばんをつかみ、〈ルーム〉とその外の部屋を出て、廊下を歩いていった。例によって、わたしの奴隷たちが端っこにいた。ライフルを持った白い制服の衛兵も。みんな眠ってるみたい。

真夜中だった。窓は真っ暗。でも、〈シティ〉の上には星が見えた。

いちばん近くのエレベーターまでの道はわかってた。奴隷たちと衛兵がついてきた。今日は奴隷が七人いる。きっとわたしが〈ダイス〉を読んだために増えたんだろう。

「深夜の〈掟〉の前にちょっと散歩をしてこようと思うの」わたしは気さくな調子で話した。というわけで、みんなそろってエレベーターに乗りこみ、ぎゅうぎゅうづめになって一階まで下りていった。

わたしがいつも外に出るのに使ってる、小さな扉の前に着いたとき、なにか妙な音が町じゅうに鳴りひびいた。

奴隷たちはなにもしなかったけど、衛兵はライフルをしっかり握りなおした。

「だいじょうぶよ」わたしはいった。「ただの音楽だから。それに、だれかうたってるわ」

だれかにうたえっていったんだっけ？　いったみたいね。

どこかほかの場所で——なにかほえてる——犬かな？　〈シティ〉に犬がいるなんて知らなかった。つづいて笑い声。笑い声があふれてる。

たくさんの窓に明かりがともったみたいだった。あるいはもっと明るくて、温かいものが。とにかくなにかが。

わたしは大声で七人の奴隷にいった。「お願い、そこにいて。座ってちょうだい。リラックスしなきゃ」七人は扉のそばのベンチに一列に並んで座った。わたしは衛兵にいった。「前からそのライフル、ステキだなって思ってたの。見せてもらっていい？」マヌケな衛兵はぽかんとしてわたしを見つめ、ライフルを手渡した。なにしろ、わたしは〈狼の手〉だもん。どんなことでも思いのまま。

でも、ライフルはすぐにわたしの手から離れた。振りむきざまにアルグルに渡したから。アルグルは手はずどおり扉のすぐむこうに立っていた。

「時間がかかったな、クライディメーメー」

「ちゃんといっておいたでしょ。何百年もかかるって」

「準備はできたか？」

「ええ」

アルグルは変装をといてた。その姿は——眺めてる時間はなかった。

アルグルが衛兵を軽くウルフ・タワーに押し返した。衛兵は一分後に目を覚まそうと納得したみたいだった。

アルグルが扉を閉めるまで。

ローとメフメッドがすでにわたしを馬の背に引っぱりあげてた。よろいみたいな〈シティ〉のドレスでは大変だったけど、わたしはなんとか馬の背に乗った（そしてドレスは破れた）。「シリー？」わたしはささやいた。「シリー、シリーなのね――」すると、シリーはビロードみたいな鼻をこすりつけてきた。

アルグルも自分の馬にまたがり、わたしたちは馬を飛ばした。まるで黒い馬からなる夜そのものが駆けていくようだった。

一度だけうしろを振り返った。タワーの扉はまだ閉まってた。そこではなにも起こっていないようだった。

馬を駆るあいだも、銃みたいな監視装置が目に入った。監視装置はわたしたちが見えるようにくるくるむきを変える。そのたびにわたしはひやっとしたけど、そこでもなにも起こらなかった。

〈シティ〉の人たちは考えるすべを忘れてしまったのね。考えるってことを思い出さなきゃいけない。奴隷たちも思い出せるといいんだけど。

わたしはアルグルと馬を並べて、ひづめの音を槌のようにとどろかせ、音がよく響く石の洞穴を抜けながら、アルグルに必死に話しかけた。

「ひょっとして――わたしが彼女を――イロネルを見誤ってたとしたら――彼女、これからもいままでどおりにするのかし――」

「聞こえないよ、クライディ」アルグルがどなりかえした。

だから、自答しなきゃいけなかった。ええ、イロネルがそうする可能性はあるわ。わたしの推測が当たってれば、イロネルはずっと前からあの本も使ってないし、〈ダイス〉の解釈もしてない。思いついた数字を口にして、〈掟〉はでっちあげてた。おまけに、でっちあげた〈掟〉は悪意に満ちたものだった（ただし、ネミアンと自分に関するものはべつ。ネミアンを結婚させた相手は、ネミアンがほんとに結婚したかった相手にちがいないし、ネミアンを旅に送りだしたのは、自分が望むもの――わたし――を探させるためだった）。

イロネルは年寄りだし、頭がおかしい。それでもやっぱり――断言するけど――わたしがどうするか、わかってたんだと思う。イロネルは選択肢なんかくれなかった。わたしをこわがらせて、怒らせて、わたしを〈ルーム〉にひとりきりにした。わたしはほとんどイロネルにこうしろといわれたようなものだった。

それでも、自分が正しいことをしたっていうしるしがほしかった。

わたしたちはあっというまに〈シティ〉を出た。こんなに早く出られるとは思わなかったくらい。たぶんわたしが思ってたほど大きな町じゃなかったのかもね。ただ、わたしにはやたら大きく見えたけど。

星に照らされた土地はどこまでも広がり、よその土地につづいてた。ハルタの野営地にもつづいてる。ブラーンやテイルやダガーのいるところ。じつはただの川にすぎなかった広河沿いのはるかなる土地へ。わたしが穏やかに息をして、生きられる場所。そして、頭のなかでつくりだしたわたしのお友だち、わたしに根気よくつきあってくれて、いろいろ力になってくれたあなたをもうわずらわせずにすむところ。

星に照らされた土地は〈荒地〉なんかじゃなかった。

わたしたちはまばらに木が生えた小山でひと息ついた。馬を休ませるために（シリーはたいした馬だわ）。

わたしは自問しつづけた。わたしのしたことは正しかったのかな、って（いまも自問しつづけてる。あなたはどう思う？）。でも、わかるでしょ。逃げられる可能性があるんなら、とどまってなんかいられない。あの町の人たちをあのままにしていくこともできなかった。わたしはトラブルメイカーなんだもの。アルグルのいってたとおり（ネミアンは最後まで気づかなかったけど）。あの小山に着いたころには、〈掟〉の時間、深夜をとっくにまわってた。

アルグルがわたしの手をとって、上下に振った。アルグルの腕輪がじゃらじゃら鳴って、なぜだかふたりでにっと笑った。

「指輪は痛くないか？」アルグルが訊ねた。

わたしはほんとのことをいった。「自分の手の一部みたいになじんでるわ」

ちょうどそのとき、鈍い雷鳴がとどろいて、わたしは悲鳴をあげそうになった。

「どうしよう。アルグル──アルグル──あの町が──爆発したわ──町が燃えてる！」

わたしたちは町の方角を見つめた。夜は色を変えた。銀色、緋色、琥珀色、スミレ色、金色、白。うれしそうに説明してくれたのは、メフメッドだった。「ちがうよ、クライディ。あれはお祝いさ。二千発の花火を打ちあげてるのさ」

著者略歴

タニス・リー *Tanith Lee*

1947年にイギリスのロンドンで生まれる。
CatfordのPrendergast Grammer Schoolで
中等教育を受け、9歳の時から創作を始める。
卒業後は図書館の助手や店員、
文書整理係、ウェイトレスなど様々な仕事に就き、
25歳の一年間は美術大学で学んでいる。
1970年から1971年にかけて、子供向けの本を3冊出版。
1975年にDAW Books USAが
『The Birthgrave』を出版。その後立て続けに
26冊が出版され専業作家となった。

長きにわたり世界中で愛読され続ける
彼女の作品は、長編、短編、シリーズものなど、
15カ国以上で翻訳されている。

最近の邦訳書に『バイティング・ザ・サン』『鏡の森』
（共に産業編集センター刊）がある。

訳者略歴

中村浩美 *Hiromi Nakamura*

翻訳家。訳書にロイス・ローリー
『サイレントボーイ』（アンドリュース・プレス）、
共訳書にロナルド&ナンシー・レーガン
『世界でいちばん愛しい人へ』（PHP研究所）、
スーザン・プライス『500年のトンネル』（東京創元社）、
ニール・ゲイマン『コララインとボタンの魔女』（角川書店）、
アン・M・マーティン『宇宙のかたすみ』
（アンドリュース・プレス）がある。

ウルフ・タワー
第一話

ウルフ・タワーの掟

2005年3月20日　第1刷発行

著者
タニス・リー

訳者
中村浩美

発行
株式会社 産業編集センター
〒113-0021 東京都文京区本駒込2-28-8
文京グリーンコート17階
TEL 03-5395-6133
FAX 03-5395-5320
http://www.shc.co.jp/book/

印刷・製本
大日本印刷 株式会社
〒162-8001 東京都新宿区市谷加賀町1-1-1

Copyright 2005　SANPEN BOOKS Printed in Japan
ISBN4-916199-69-3 C0097

本書掲載のイラスト・文章を無断で
転載することを禁じます。
乱丁・落丁本はお取り替えいたします。

タニス・リー好評既刊本

タニス・リー 異色のSF大作!

バイティング・ザ・サン

環 早苗/訳　小岐須雅之/イラスト

定価1,344円(税込)　四六変型判　556頁

ISBN4-916199-58-8

永遠に人間に奉仕するロボットたちに守られた、
労働も病も死さえもない完璧な未来社会。その理想郷に、
ひとり牙を剥いた少女がいた。
孤独と自我の消滅を賭したその闘いは、
やがて世界の崩壊と再生へとつながっていく。

タニス・リー好評既刊本

タニス・リー 恐怖とエロスのファンタジー!

鏡の森

環 早苗/訳　小岐須雅之/イラスト

定価1,344円(税込)　四六変型判　496頁

ISBN4-916199-64-2

森の城で育った王女アルパツィアは、
14歳の冬、侵略者ドラコ王に犯され子を産まされたショックから
鏡としか対話しない日々を送り魔女王と呼ばれるようになる。
18年後、娘コイラは美しく成長するが、鏡に導かれた魔女王の歪んだ愛憎が、
母娘を過酷で悲劇的な運命へと追い詰めていく。

タニス・リー
Tanith Lee

ヤングアダルト・ファンタジー

ウルフ★タワー

第一話～最終話
【全4話】

中村浩美◎訳

ウルフ・タワー　第一話 ◆

ウルフ・タワーの掟

Law of the WOLF TOWER

16歳の奴隷クライディは、掟に縛られた国
〈ハウス〉を抜け出し、
荒地の果ての〈狼の塔〉を目指す……。

ウルフ・タワー　第二話 ◆

ライズ 星の継《つ》ぎ人《ひと》たち

Wolf Star Rise

〈狼の塔〉から逃れたクライディは、
ジャングルに囲まれた
〈ライズ〉と呼ばれる魔法の宮殿に囚われる……。

ウルフ・タワー　第三話 ◇

二人のクライディス

Queen of the Wolves

〈ライズ〉から脱出し、愛するアルグルを追って
旅を続けるクライディは、北の国〈ウィンター〉で、
母と噂される
女王トワイライトと遭遇する……。

ウルフ・タワー　最終話 ◇

翼を広げたプリンセス

Wolf Wing

ついに自由を手にしたクライディは、
南の国〈サマー〉で、神秘の女王ウスタレスと対峙し、
すべての謎を知ることになる……。

◆=既刊　◇=次回刊行